不花大錢也能
學好英語的高效自學法

英語日記BOY

ENGLISH DIARY BOY

新井リオ——著
林農凱——譯

就算不能留學
也能開口說英語
開始用英語寫日記吧

從今天

國外
並不是能夠學會說英語的地方
而是「便於努力的地方」

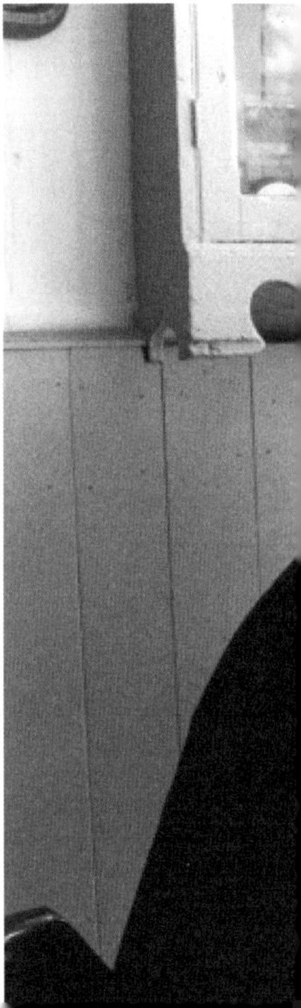

英語日記的寫法

不用留學也不用課本！

1. 先寫你的母語日記　5 分鐘

例

從上周開始學習英語，希望有天能在倫敦工作。雖然現在畫插圖只是為了興趣，不過若多年後能變成工作就太好了。

Point

先從寫日記（＝對自己來說比課本例句更重要的文章）開始學習。

2. 寫出日記概要　5 分鐘

例

為了多年後能在倫敦以插畫家身分工作，現在正在學習英語。

Point

縮短每次需要記憶的文章量，就能堅持更久。

3. 靠自己翻譯成英語　10 分鐘

例

I want to work in London as an illustrator several years later, so I study English.

Point

為了了解自己能用英語說什麼、不能說什麼，首先要靠自己翻譯成英語。

4. 請他人訂正　25 分鐘

例

I'm studying English to be able to work in London as an illustrator in a few years.

Point

利用線上英語會話請別人幫你修改，得到原創的例句。

5. 對著手機自言自語　15 分鐘

對著手機的語音輸入不斷練習唸以上例句，直到手機能聽懂你的發音為止（目標 100 次）。

Point

「開口說出的次數」與「能夠活用的程度」呈正比。

英語日記的歷史

2015 手寫英語日記

因 20 歲時前往美國所得到的經驗，
讓我開始用「英語日記」學習英語。

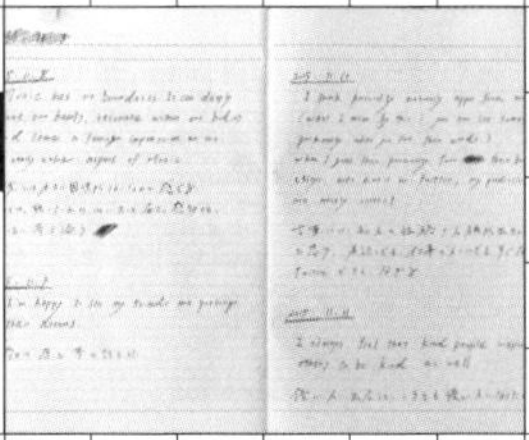

↓

2016 電腦版英語日記

為了成為設計師，隻身前往加拿大。
從這個時期開始用電腦寫日記。

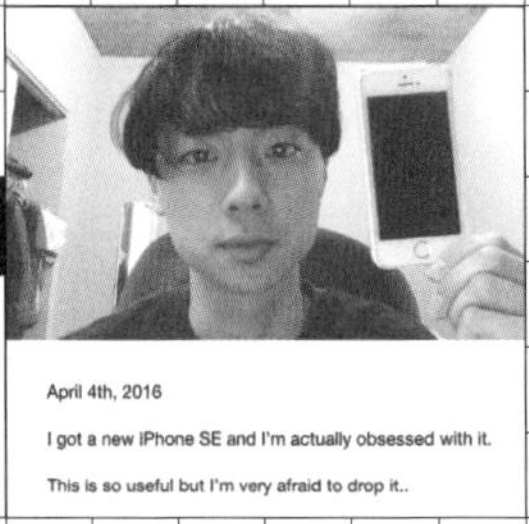

↓

2017 英語日記 × 社群軟體

在兼顧設計的練習與宣傳的同時，開始將改寫後的英語日記每天發表在 Instagram。

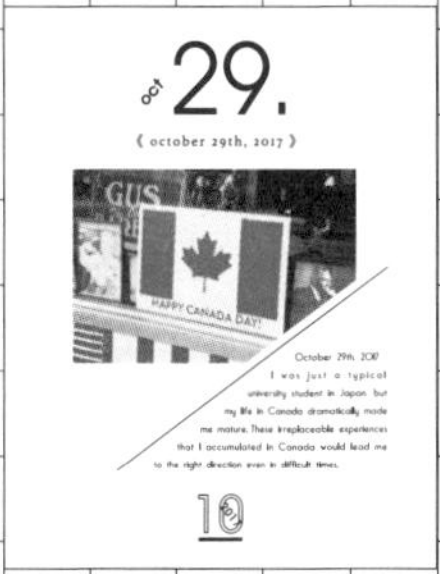

↓

2018 英語日記 × 周邊商品

將英語日記做成周邊商品，不就能當成生日禮物了嗎！？我想到這個點子後，便著手製作英語日記的周邊。

↓

2019 英語日記 × 插畫

開始得到來自各國客戶委託的工作。
英語日記成了連結世界的工具。

英語日記BOY的工作

在此簡單介紹幾個透過英語日記得到的工作機會。

● VASUDEVA（美國）

紐澤西州的搖滾樂團 VASUDEVA 寄來一則私訊：「我們從樂團時期就關注你了！請一定要來幫我們製作周邊。」其實我也是他們的粉絲，還曾去看過加拿大的巡迴演出！能以這種形式與他們互動實在非常光榮。隔年我首次與他們見面，並與成員們擁抱、致敬。

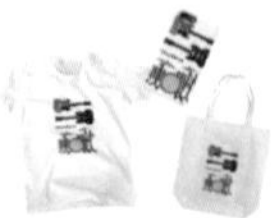

● Pastel Music（韓國）

我曾擔任過韓國音樂品牌 Pastel Music 旗下創作團隊「Piper Labs」的商標與主視覺插畫設計。由於名字取自以前的跑車品牌 Piper Car，所以選用車子圖示，背景則畫了首爾地圖與街上人群。

● pink amoy（中國）

新建於中國廈門的飯店 pink amoy 委託我進行商標與館內插畫設計。對方寄來參考照片，是從飯店看出去一整片祖母綠的美麗大海，希望有一天能親自去看看呢。

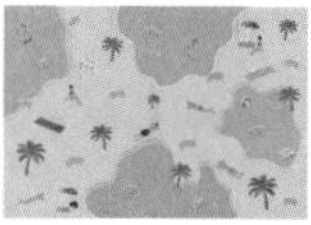

● So Much Light（美國）

從高中開始，始終佔據我 iPod 播放排行榜前 10 名的，就是我最喜愛的美國音樂創作者 So Much Light。當我偶然發現他追蹤我 Instagram 時，真是欣喜若狂，於是就擅自畫了他的人物插圖寄給他。他接受了我這份熱情，也將插圖用在周邊商品上。當他在 Instagram 上介紹我時，實在讓我感動萬分呢。

● 福娃醬（日本）

某天，我最喜歡的 YouTuber 福娃醬寄來一則訊息。「你是英語部落格的那個人對吧！？」喜歡英語的福娃醬似乎參考了我的部落格。從那之後我們一拍即合，她也邀請我設計海報與官方網頁。她真是個很棒的人呢。

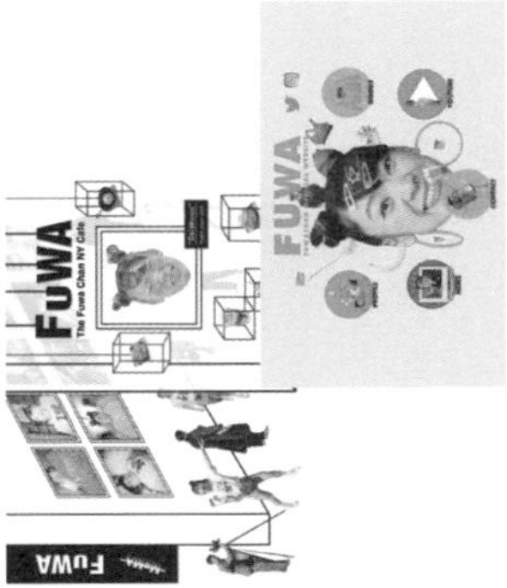

● Christmas in the Sky Supported by SUBARU（日本）

六本木 Hills 展望台舉辦的聖誕節限定活動，使用了我的插畫，內容分別是「太陽」與「星星」。雖然每天更新附有插圖的英語日記相當辛苦，但也真的因此讓我接到來自世界各地各式各樣的工作。我堅持不懈，逐漸確立自己的表現風格。想要讓什麼事情變得更熟練，就得「每天做、每天改進」。不論英語、設計還是繪製插畫，我都秉持著這樣的信念。

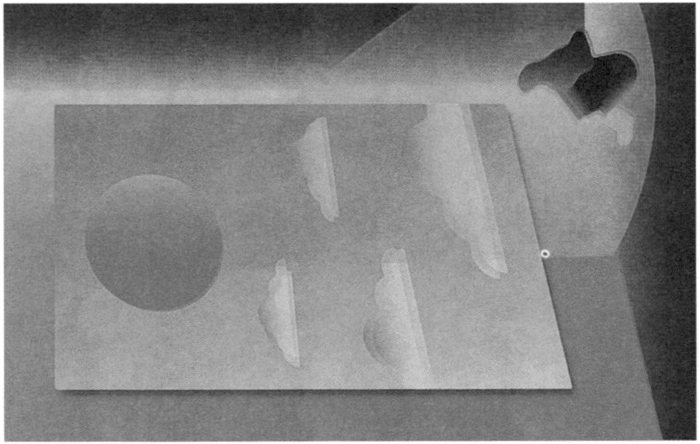

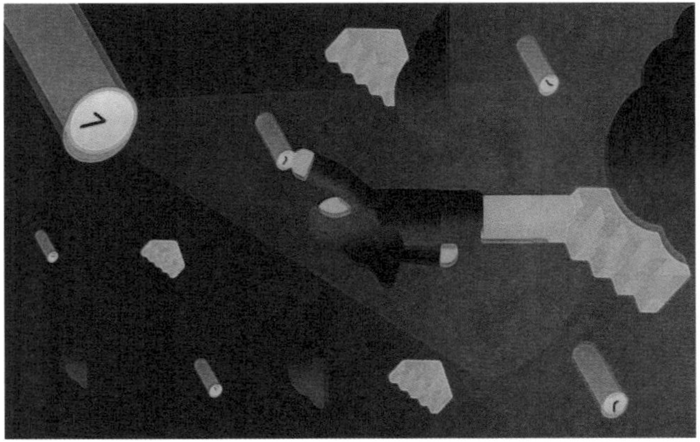

英語

・何があっても1日1時間以上の自習勉強（英語、デザイン、読書など）

・英語で日記を書く

『留学のこと』 No.5　5/4(日)+5/11(日)

現在19歳 大学2年生。早く留学したい焦りと、日本を長期空けることによるバンド、バイトの心配もある。プランをいくつか書こう。

・毎日英語日記

＜どうなりたいか？＞

・英語が完璧に話せるようになる。

Date 2015.7.22（水）　人生年表

2016年は休学して留学!!

叶えたいこと　1位　英語が話せるようになる

2位　デザインの実績をつける

■ 大学3年生の間にやりたいこと

・英語が話せるようになる

音楽、服屋、デザイン

全部だめだったら塾の英語講師になろう!

・英語が少し話せる

英語が少し話せるようになっている

➜ 英語日記を毎日!!

Date 2015.11.9　"学生のうちに高めたい自分の能力"

- 英語が話せるようになる
- デザインレイアウトの知識をつける
- 自分のデザインスタイルの確立
- 絵が描けるようになる
- イラレ技術を上げる

（具体的に言うと…）

まとめると… 英語とデザインを必死で勉強!

おい! なまけてますよ!!

・本　；・こういった経験を、絶対本にしたい。

ブログ、これによってできる繋がりが絶対できる。

将来本を執筆する、くらいの気持ちで書こう。

本を書こう。

本を書けるくらい、努力

そのために本を読め。経験し

2013年5月27日。今どん底の

前言

五年前，當時身上沒有太多錢的我，決定用最具效率的方法之一——**「寫英語日記」**來學習英語。

我既沒有「讀參考書」，也沒有「去上英語會話班」，更從未到「國外留學」。

講得極端一點，我自己正是**「持續書寫英語日記，最後學會說英語」**的見證人。

這是怎麼辦到的呢？

一開始我相信所謂「背例句很重要」的觀念，將課本上所寫的例句通通都背下來過，然而在實際生活中，幾乎沒機會直接使用這些句子。雖說不是完全沒意義，但在使用例句時，每次都還是得「替換成自己想表達的語詞」。

例如

「used to（曾經做了～）」這個英文片語。我按照課本記住了以下例句：

She used to play the piano for 3 years.

她曾經彈了三年的鋼琴。

但實際使用時，就必須重新修改成「自己想說的事」：

在這重新修改的過程中就容易產生差異，導致語塞、說不出話來。於是我發現了一件事。

I used to play the guitar for 7 years.

我曾經彈了七年的吉他。

既然都要替換使用的詞，那不如從一開始就寫成自己原創的英語短句，再把句子記下來不就好了嗎？

這方法非常好用。

在實際會話中，我可以不間斷地脫口說出事先就記好的「原創英語短句」，開始能與其他人用英語溝通了。

這個方法真的很簡單，看到例句時將主語換成「I」，之後的單字再換成「自己想說的事」，最後再記下來即可。這樣就好。

之所以能開口說出英語，是因為**可以馬上應用的原創英語短句的庫存量相當多**。這對我而言是一大發現。

即使某人出國留過學、有再多的外國朋友，只要「原創英語短句沒辦法瞬間說出口」，那麼這個人就不是「會說英語的人」，只是「能勉強與外國人溝通的人」。

從那之後，當時僅二十歲，既沒錢也沒時間的我，在想像海外生活的同時，也先一步將「有天似乎能用到的原創英語短句」寫了下來，然後每天練習用英語唸誦這些短句。

我發現，所謂的「有天似乎能用到的原創英語短句」，都有以下幾個共同點。

①日常生活中發生在自己身上的事

若將來去到國外，就必須用英語與當地朋友、同事交談，特別是與朋友的對話，我想一般都會問「今天工作如何？」或「假日在做什麼？」等問題吧。換句話說，若可以事先學會用英語描述包含工作在內「自己平常發生的事」，就能夠立即應對這些場面。

②日常生活中思考的事

有些人說想要學會用英語進行「日常會話」，但所謂的日常會話其實因人而異。譬如對大學生而言，「擔心能不能拿到上課學分」等話題或許是他們的日常會話，而對養育小孩的人來說，「養小孩很辛苦但很開心」等內容也可能是日常會話。也就是說，某人「平時腦中思考的事物」，才是那個人真正需要用到的英語。

想到這裡，我覺得果然還是不應該死背課本的例句。

我想，還是必須學會用英語說 **① 日常生活中發生在自己身上的事** 與 **② 日常生活中思考的事。**

嗯？

這時我察覺到一件事。

日常生活中發生在自己身上的事。

日常生活中思考的事。

這不就是 **「日記」** 嗎？

若可以每天用英語，練習說出寫在日記上的全部內容，那不就完全符合我心中「會說英語」的條件了嗎？

於是我決定了。

我要靠「日記」學英語。

雖然書寫方式曾經有過變化，但過去這五年間，我從未間斷寫「英語日記」。

最後成果如何呢？

二〇一三年，身為大學生的我，透過寫日記學會說英語，然後在二〇一六年於加拿大成為「設計師」。接著在二〇一七年，我提供「英語日記學習法」的部落格獲得谷歌「英語 自學」關鍵字搜尋第一名，創下累計三百萬瀏覽次數的紀錄。二〇一八年回國後，我開始在 Instagram 上發表英語日記，並加上各式各樣的表現手法。而現在，我能夠只透過網路接受工作委託謀生。

請容我斬釘截鐵地說。

學英語根本不需要參考書或留學。

就從今天開始用英語寫日記吧。
並說出自己親自寫下來的英語。

本書是某位懷疑常識，並藉由「英語日記」實現夢想的BOY，多年來歸納出的學習方法，與在加拿大時的生活紀錄。

目次—英語日記BOY 不用花大錢也能學好英語的高效自學法

第2章 學習篇 該如何學習英語？

第3章——實踐篇 該如何使用英語？

第1章

思維篇

該怎麼做才能「學會說英語」？

二〇一三年，大一的我，還沒辦法開口說英語。

那時我一直「希望可以學會說英語」，做了許多努力。選修英語口說課的老師說我「發音還不錯」，受到鼓舞，我花了更多時間學習英語，不僅讀了許多廣受好評的參考書，甚至連什麼地方適合留學都先調查好了。

可是我家境並不富裕，就算查好了想去留學的地方，也不可能真的出國念書。「為什麼我這麼想學卻去不成？而家境富裕的人卻都輕輕鬆鬆就可以出國？」越是糾結於金錢，我就越感到自卑。

不過，對於這份自卑，我心中也確實有著「實在很遜」的自覺。明明應該抱持著「想要學好英語」的願望，對社會的不滿卻與日俱增，什麼英語竟被拋到九霄雲外去了。我驚覺自己搞錯了最重要的事，必須徹頭徹尾地改變自己才行。

首先我應該做什麼才好呢？

雖然我沒錢，但有的是時間。

此時我試著自行決定**「會說英語」這件事的定義**。

然後，我開始能夠看到以往總覺得模糊不清，在英語學習中真正重要的關鍵。

我心中逐漸湧現這樣的想法。

「我說不定能在國內自行建構出類似留學的環境。」

在這一章裡，我將以**「沒有錢就靠創意」**這個主旨來向你解說，即使不出國，也能即刻做到的英語學習新思維。

決定「會說英語」的定義

學英語需要錢嗎？

大致來說，既有的英語學習法都需要高額費用。

說不定有許多人為了「先存到足夠的錢」而增加打工時間，或過著勤儉、節約的生活，過去的我也是如此。

但，想學會說英語最初所應該做的努力，真的是「存錢」嗎？

我想應該不是。

因此需要重新改變思維。

「為什麼自己想要學會說英語呢？」

「自己想在什麼領域，發揮多少程度的英語能力呢？」

當我深究自己和英語之間的關係後，便碰上了這個問題。

說起來，到底怎樣算是會說英語？

達到什麼條件後，才算是「會說英語的人」呢？

雖然我們常用流利來形容語言能力，但怎樣才算是流利呢？
這才發現，原來我一直都搞錯了重點，把「總之先存留學經費」當成了目標。

於是我懂了。
我們首先應該思考，滿足什麼條件，才算是「會說英語」。
換句話說，就是**要自己決定「會說英語」的定義**。

日本巡演帶給我的打擊

二〇一三年八月十二日，我決定了自己「會說英語」的定義。
以下是那一天所發生的事。

我高中時，就很喜歡一支名為「Duck. Little Brother, Duck!」的美國樂團，甚至喜歡到擁有他們全部的唱片。非常幸運地，他們第一次來日本東京舉辦的演唱會，正巧與我的樂團 PENs+ 同台演出。

演出結束後，我有個機會與他們交談。雖然我相當緊張，但就是想對他們說些什麼。

「其實我從高中開始就一直聽你們的歌！」

我想我本來是要這麼說的。

但現實卻悽慘無比。當我說到「I listened to your music……」時，卻發現「listened的話，不就只是過去式，變成『有聽過』嗎？」在自己崇拜的音樂人面前，連「我一直都有聽你們的歌」這麼簡單的話都不知道該怎麼說，這讓我大受打擊，最後一句話都吐不出來。

在這之後我試著查詢，才知道我想說的話正確的英語似乎是：

句子本身不難，只要冷靜下來、仔細思考，就算是當時的我也能說出這句英語。即便如此，最後我也沒能反應過來，把話說出口。

反過來說，如果我是「會說英語的人」，那麼這個句子應該可以「瞬間就說出口」才是。

I've been listening to your music since I was in high school!

我從高中時期就一直聽你們的音樂！

會話是連續的「短句」

話雖如此，也並不是把這句英語「死背下來」就好。如同我們平時說自己的母語，說話時並不會有將死背的文章直接說出口的感覺。

而且只是把文章背下來，總有一天會忘記，就像學生時期努力背誦了這麼多例句，到現在卻一句也說不出來一樣。

那麼只要將「單字」記下來，就能夠說出句子嗎？

並非如此。只是知道「I」、「listen」及「high school」，並無法組成句子。

因此我建立了以下的假說。

所謂會說英語的人，是不是知道許多數個「單字」的集合，亦即**「短句」**，並擁有**「瞬間組合的能力」**呢？

仔細想想，會話就是「連續的短句」。

當我們聽說某人「會講英語」，在你印象中，或許那個人能連續十幾二十分鐘不間斷地用英語和老外交談，但無論那個人是誰，都不會是「將文章全部背下再說出口」的。

每個人都是在一瞬間想到最適當的「原創英語短句」，然後下意識地將短句組合起來，才能完整地表達自己的意思。

「會說英語」的定義

經過以上一系列思考後，我心中「會說英語」的定義就變得明確了。所謂會說英語，就是**「現在想說的原創英語短句能夠瞬間脫口而出」**。我想這一定不會錯。

「成為會說英語的人」意思太過模糊。**「成為能夠瞬間說出原創英語短句的人」**才是我們應該努力的目標。

與美國樂團Duck. Little Brother, Duck!主唱Jon合影（2013年）

「英語日記」這個點子

二十歲的美國之旅

二〇一四年夏天的二十歲生日時，我人正在美國。

自美國樂團訪日巡演後經過了一年，這次我決心要親自踏上美國的土地。

當時在洛杉磯郊外，有場我喜歡的樂團所舉辦的演唱會。然而會場相當偏遠，從旅館搭乘火車轉公車需耗費三小時以上，而且演出結束的預定時間已無末班車，幾乎可以確定「當天去了就回不來了」。

可我還是去了。

現在回想起來實在思慮欠周，不過那時我覺得就算睡野外也無妨。

與喬瑟夫相遇

首次在美國觀賞最喜歡的樂團演出格外令人滿足，但結束後才是考驗的開始。

我走出會場外，尋找可以露宿的草叢，不過不知道是不是因為行跡可疑，某位同樣來看演唱會的美國人向我搭話，詢問我「怎麼了?」他是名叫喬瑟夫（Joseph）的二十五歲青年。

我用笨拙的英語說明情況後，他立刻說「露宿野外很危險，絕對不可以！」接著建議我可以搭乘他的車回到旅館。

深夜，不如說幾乎快天亮時我才回到旅館，而他此刻正準備繼續開車數小時回自己的家。

雖然心中充滿愧疚、感謝等各種情感，但因為自己英語能力不足，我僅能簡單說出「I'm sorry, thank you.」。

然後他這麼說。

Don't say sorry, we're friends.
I'm always here for you.

別說抱歉，我們是朋友。我永遠站在你這邊。

「**I'm always here for you.**」（我永遠站在你這邊。）

因為這句話實在是太帥了，所以我拜託他「再慢慢說一次」，然後在每天都寫的日記本某一角做了筆記。他當時似乎覺得很害羞。

「英語日記」的開端

回到旅館，我在網路上搜尋「感謝　英語表現」，並跳出以下短句。

I appreciate your kindness.

謝謝你的好意。

我在訊息中寫上這段話，並寄給喬瑟夫。

接著，我在日記上的筆記「他的話（I'm always here for you.）」旁邊，同樣記錄了剛剛發出去的訊息「感謝的短句（I appreciate your kindness.）」。

若下次還有機會碰上這樣溫暖的相遇，我希望自己可以馬上表達我的謝意。我再也不想因為「說不出口」而感到後悔了。

此時我發現一件事。

原來我**必須事先知道「總有一天我可能會說的英語短句」**。

然後我進一步思考。

「我將來可能會用英語說什麼呢？」

雖然不可能完全預測未來的生活，不過我從這次與喬瑟夫相遇的經驗得知，至少要從「今天所發生的事」或「今天抱持的情緒」中，找出特別「想表達出來的短句」，並在事前多做練習，這樣將來再次前往國外時，這些短句一定有機會用到。

「今天所發生的事」與「今天抱持的情緒」……

嗯？這不就是指**「日記」**嗎？

如果能將日記內容都轉換成英語，那就滿足對我來說「會說英語」的條件了。

另外，出現在日記中的內容，一定都附帶著「經歷」。未能向訪日樂團說出口的「我從高中時就一直聽你們的歌」、未能向喬瑟夫說出口的「傳達感謝」的短句。

無論何者，在我心中都有著課本例句無法比擬的情感。實際在日常中碰到的「有真實經歷的短句」，我們是不可能忘掉的。

我決定了。

我要靠「日記」學習英語。

這就是「英語日記」的開端。

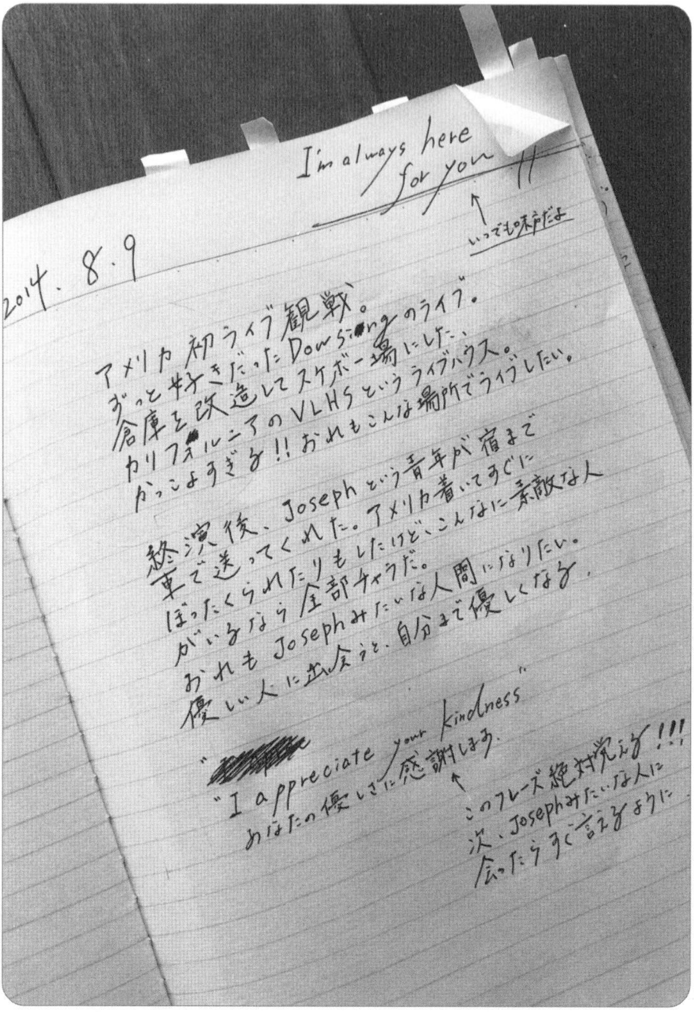

與喬瑟夫相遇那一天的日記（2014年）

開始使用「線上英語會話」

拉開序幕的加拿大巡演

隔年，也就是二〇一五年，六月，我們決定在加拿大舉辦演唱會。

某位加拿大演唱會策劃人偶然在 YouTube 上看到我的樂團 PENs+，相當中意我們，邀請我們前往加拿大舉辦巡演，而且費用全由對方負責。

終於能在國外辦演唱會，讓我欣喜若狂，但同時我也極為焦慮：這時的我還沒辦法做到「會說英語」。

自從前一年去了美國以來，我養成「用英語寫日記的習慣」。持續一年後，雖然我開始「知道」各種英語表現，但還不清楚如何才能往上提升到「說出口」的水準。

若還只是停留在「個人興趣」的階段，那麼就算不會說也沒什麼關係。然而這次情況不一樣，我要在加拿大辦演唱會。即便說我是來自國外的日本人，也絕不能只用到「Thank you! I'm happy.」這種蹩腳的英語。為了付錢入場的觀眾，演唱會應該要連 MC（歌曲間的談話）在內都讓觀眾打從心底享受到樂趣。

至少 MC 時要好好用英語傳達「我們是來自日本的樂團 PENs+，我們期盼這一天很久了。在國外舉辦演唱會是我們長年的夢想……」才行。

此外，我當時還自學「設計」，開始自己製作樂團周邊。雖然說不上是專業水準，不過評價似乎不錯，讓我產生「將來若可以靠『樂團與設計』謀生就好了」的夢想。體察到我這份心思的巡演主辦方建議：「要不要親自設計這場活動的海報？」

可以說，這場加拿大巡演，同時實現了我心中「音樂」、「國外」與「設計」三個夢想。這真的出乎我的意料。接到正式邀請是三月的事，而演唱會於六月舉辦。到演出前的時間，只剩三個月。

需要的是「老師」

我心中湧現前所未有的危機感。

不過，因為目標很明確，準備起來相當順利。我沒必要「所有的英語都講得很流利」，只要**完美達成「演唱會中的MC」**就可以了。

因此我先寫下「想在MC中所說的話」，再用網路翻譯工具翻成英語。雖然我本想直接練習翻譯好的句子，但這樣的英語存在著「母語人士聽起來很不自然」的可能性。

另外，就算想要練習，我也**需要一位「老師」**，在聽過我實際說出來的英語後，幫助我糾正「發音」、「重音」或「說話方式」等等。

開始使用線上英語會話

我一開始找的是「一對一英語會話教室」，這是因為，在「以班級為主的課程」中，若想單獨「練習英語的MC」，老師應該比較難配合。然而一對一英語會話教室中最便宜的價格，也是「每月四次，二萬日圓以上」。這對還是學生的我而言實在太貴，而且每個月僅數次的課程，也不可能在接下來三個月中使我的英語能力達到理想的水準。

我著急了起來，但我想一定還有其他辦法。一定還有可以一次解決自己所有需求的方法。我不氣餒地用「英語會話　方法」等關鍵字查詢後，發現了**「線上英語會話」**這種服務。官方網站上這麼寫：

- **每月二千九百八十日圓起（二〇一五年時）**
- **每日二十五分鐘，一對一上課**
- **使用 Skype，在家也可上課**
- **講師為菲律賓人**

什麼？也太便宜了，而且講師是菲律賓人？究竟怎麼回事？然而沒錢又沒時間的我只剩這個方法了。我像抓住救命稻草般抱著一絲希望，申請了體驗課程。

我大吃一驚，這太完美了。

首先最讓我震驚的是，菲律賓講師的英語能力遠遠超出預期。

英語是菲律賓的第二官方語言。菲律賓有著過去曾是美國殖民地的歷史背景，且在將近一億的人口中，據說有超過九成的人都能夠說英語。對我這個日本人來說，他們的英語能力「幾乎等同於母語人士」。此外，上課使用的是Skype的視訊功能，全程一對一教學。在每天二十五分鐘的課程時間內，還可以請對方按照自己的要求擬定教學內容。

能以如此划算價格提供這般優質課程的，就是「線上英語會話」了。

我現在就可以斷言。

在這個時代，所有想要學會說英語的人，都應該開始利用「線上英語會話」。目前沒有任何一個練習口說的方法能如此便宜，而且有效又方便。

不過當時「線上英語會話」還沒完全普及。當我向預定去美國留學的朋友提起這件事時，還被笑「菲律賓人？」可當時的我只有這個方法了。

想學習英語，幾乎憑藉「自己的努力」

在一對一課程裡，我向老師說「因為三個月後我要到加拿大舉辦演唱會，希望你可以跟我一起想英語的 MC」。老師似乎也是第一次遇到這樣的學生，所以幹勁十足地陪我一起構思 MC。用網路翻譯工具翻譯出來的英語果然相當不自然，幾乎整篇文章都被老師重新修改過。

在隔天的課程上，我則告訴老師「我在三個月後要去加拿大舉辦演唱會，請老師聽我練習當天準備要講的 MC。若發音或重音有任何奇怪的地方，請不要客氣糾正我」。然後老師又再次糾正了我幾乎所有的發音。

在之後的三個月內，幾乎每天都像這樣上課。

雖然非常辛苦，但是我自出生以來第一次感受到**「我現在真的處在逐漸能開口說英語的過程中」**。這是過去任何參考書或大學課程等「被動學習」從未帶給我的感覺。

尋找「適合自己的英語」

存在著「適合自己的英語」

經過三個月每天練習相同的內容，別說英語了，我想任何事情都能變得滾瓜爛熟吧。關於「英語的 MC」，我幾乎已經能完美說出口了。

此時我發現，對我們來說有著所謂**「適合自己的英語」**。

什麼是「適合自己的英語」？「會說英語」聽起來給人一種英語能力強到無論再怎麼困難的場面，都能輕鬆應對的印象。但以美國的小學生來說，雖然對他們而言還有許多沒辦法用話語描述的領域，不過他們確實是「會說英語的人」。換句話說，若能順利說出「自己有需求的領域」的英語，就暫且可以說是「會說英語」的水準了。

以這個時候的我來說，只要能完美說「演唱會中 MC 的英語」，那麼在那個當下我就是「會說英語的人」。觀眾們並不要求我會說「政治的英語」或「環境問題的英語」，只希望我作為樂團主唱，能用英語完成我的工作。

將英語當成「工具」使用

用一句話形容加拿大巡演，就是「大成功」了。巡演時程共計十天，在多倫多兩個會場，蒙特婁、溫哥華各一個會場舉辦了四場公演。每場門票幾乎都接近售罄，我們帶來的CD與周邊也銷售一空。

關於MC，拚命練習終於有了回報，每次都能順利進行。雖然因為緊張有所失誤，但我想說的似乎都已經傳達給所有觀眾了。

令我感觸最深的是母語人士面對我的英語，根本就不要求「文法必須完美」。回頭想想或許的確如此。當我們在街上碰到外國人「用日語」問路時，比起「他們使用文法的正確性」，我們應該會更注意聆聽「他們到底想說什麼（想去哪裡）」。

當我講完最後一句話「Tonight, one of my dreams came true!」（今晚，我的其中一個夢想成真了！）的時候，會場激昂的歡呼聲甚至讓我聽不見自己的聲音。即便我們是五組人馬中第二組上台的樂團，卻還是收到熱烈的安可。

就算不是完美的英語，只要「心意」常在，就可以打動人心。英語不需要「說得完美」。我在此刻了解到，英語**作為傳達心意的工具「使用」**才有意義。

加拿大巡演。多倫多會場（2015年）

在自己的國家「留學」

重要的不是「金錢」，而是「環境」

從加拿大回國後，我發現一件事。

那就是我們其實**可以在自己的國家「做出留學」這件事**。

什麼意思呢？

剛進入大學時，我超想出國留學，我甚至以為「如果不去國外留學就學不會英語」。正因如此，我才會對自己的家境無法供我留學這件事感到焦慮無比。

但是，這個時候我開始懷疑起常識。

轉換思考，將英語換成我的母語看看。

我們家確實不富裕，但我仍會說「日語」。因為生於日本，所以理所當然嗎？或許如此，因為這裡有著說日語的「環境」。

沒錯，學習任何語言，最重要的都**不是「金錢」，而是「環境」**。

的確，出國留學的話，不管你願不願意，也許都能得到說英語的「環境」。但若整天跟上同一間語言學校的同國人一起玩，那就變成「在國外做出『與自己國家相同的環境』」了。

我由此聯想到一個新思路。

既然如此反過來說，**我們不也可以在自己的國家，做出「與國外相同的環境」嗎？**

國外留學的優點

實際上雖然只有十天，不過體驗過加拿大巡演的我，也了解到在學會說英語的過程中，「付高額費用到國外留學」並非絕對條件。

若是非得提出「語言學習」中「國外留學獨有的優點」，那麼大概有以下兩點：

- **能說英語的對象就在眼前的環境**

‧在生活中就能自然聽到英語的環境

於是，我試圖將這兩種「環境」建構出來，做出如同「在日本留學」的狀況。

採用「英語時間制度」

首先，我採用了**英語時間制度**。英語時間制度，指的是「每天最少三小時，使用的語言全是英語」的方法。具體來說，我做了以下兩件事：

①線上英語會話

雖然線上英語會話是我為了加拿大巡演才開始做的準備，但其遠超其他方法的實用性深深吸引了我，所以回國後也決定持續利用這個服務。

線上英語會話可以讓我們每天二十五分鐘獨佔一位外國人講師，盡情地開口練習英語。國外語言學校那種「一位老師對數十名學生」的一般上課形式，從「個人說英語的時間」這個角度來看，長期下來反而沒有什麼效率。

②用英語自言自語

話雖如此，光靠上課還是不夠。說到底，我們「開口說英語的機會」簡直少之又少。因此我考慮了不須太在意文法正確性，目的在「長時間用自己的嘴巴講英語」的練習方法，那就是英語自言自語。這雖然相當辛苦，不過頗有奇效。（自言自語的詳細方法我將在第二章說明。）

畢竟無法在學校或打工時用這些方法練習，因此我主要在**「一個人獨處於房間時」將使用的語言改為英語**。如此一來，一天下來大約會有三個小時「嘴巴說的都是英語」。

將自己的房間塑造成「迷你外國」

藉由「英語時間制度」，我慢慢實現彷彿留學的狀態，而為了進一步加強環境，我還思考了其他點子。

那就是**將自己的房間塑造成「迷你外國」**。

當我身在自己的房間時，除了說話的語言是英語，就連「看的事物」、「聽的聲音」也全都改成英語。

我採用了以下四個具體方法。

① 英語新聞

往往不小心就看太多智慧型手機的我，反過來利用這個習慣，達成**「手機的英語化」**。

首先，**將手機語言設定為「英語」**。雖然光是這樣就相當有效，但我還下載了**「英語新聞 App」**，利用日常時間閱讀。

我推薦的 App 是「SmartNews」，它網羅了 BBC、CNN 等來自世界各大新聞媒體的重點報導，因此新聞內容既客觀又多元，而且分類明確，閱讀相當方便。

（編按：在台灣，Android 與 iOS 系統均可直接下載 SmartNews 使用。）

②英語推特

對日本人來說，眾多 App 中最容易不小心滑上癮的，大概就是推特（Twitter）了。

雖然有時候會因為看過頭產生罪惡感，不過若是把推特切換成閱讀英語的環境，那麼不就反而變成越看、英語能力就越進步的最強工具了嗎？

因此，我活用推特的「列表功能」，製作一張「僅放入英語人士帳號的列表」，我追蹤喜歡的外國音樂家或演員，以及新聞、雜誌的帳號，並在英語時間內盡可能只看這張列表上的內容。

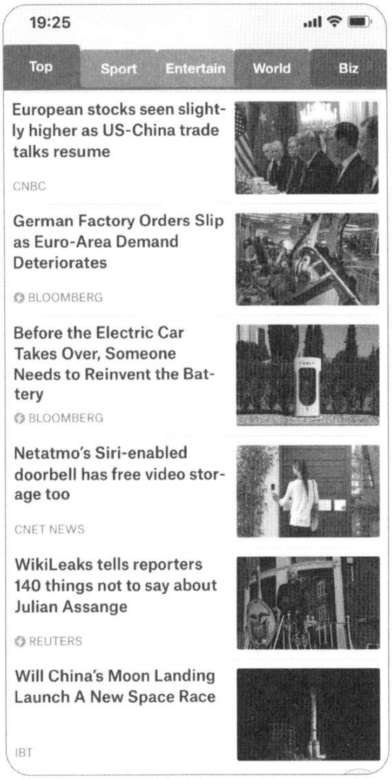

SmartNews（https://about.smartnews.com/）App

③ 英語廣播

營造「迷你外國」的氣氛最有幫助的就是「英語廣播」。

廣播的目的可不是「鍛練聽力」。

這是**為了習慣「耳朵隨時能聽到英語的狀態」所使用的方法**，以便面對未來某天可能實現的海外生活。

平時在房間裡就播放英語廣播，可以讓自己產生「這裡是國外，我現在正在留學」的錯覺，提高學習英語的動力。

不可思議地，當耳朵聽到的語言全是英語時，自己似乎也比較容易開口說出英語，我想這正是做出「環境」這件事的意涵。總之，要對自己「身處異國」這件事信以為真，還請你務必嘗試看看。

我推薦使用紐約公共廣播電台的網路廣播「WNYC」官方網站，可以即時收聽現正直播中的廣播。

④ 英語版漫畫

最後是「英語版漫畫」。無論如何都想在「英語時間」內閱讀漫畫的我，最後想到這個「那麼漫畫也看英語版不就好了」的方法。

現在只要是有名的漫畫，大多都能在亞馬遜（Amazon）買到英語版，另外也有電子閱讀器 Kindle 可使用。順帶一提，我買了《死亡筆記本》。

WNYC（https://www.wnyc.org/）

我建議「英語版漫畫」最好選擇已知大致劇情的漫畫。這是因為如果已事先知道劇情，那就可以毫無顧忌地**「互相對照英語台詞和母語台詞」**，了解我們的母語台詞如何轉換成英語台詞，在閱讀時挖掘出許多新發現。當然，也能從中學習英語表現。

在「英語時間」裡看英語新聞、滑英語推特對學習的幫助非常大，是相當充實的一段時間，不過偶爾還是想要一點「娛樂」元素，此時「英語版漫畫」就能同時滿足「娛樂」及「學習」兩種需求，可說是我英語學習路上「最棒的調味料」。

「LINE」數位單字筆記

丟掉既有的單字書

沉浸在英語中的生活持續數個月後，我開始深信一個道理。

我們根本不需要市面上現有的單字書。

我考大學時用的，就是一般市面上的單字書，當時也非常熱切地學習一些很困難的英語單字。

或許這些單字書在考試時確實派得上用場，但實際生活中使用的單字「遠比想像中還要簡單許多」。

活用簡易單字的能力

去加拿大巡演時，我曾在多倫多某車站詢問站務員「我想去〇〇，應該在哪裡下車呢？」

你能不加思索地脫口說出「下車」的英語嗎？

當時的我，說不出理當不會很難的「下車」這個單字。看到我支支吾吾的樣子，站務員敏銳地察覺了我想要表達的意思，然後這麼回答我。

Oh, you can get off at the next station.

你可以在下一站下車。

原來如此，「get off」這麼簡單的詞就表達了「下車」的意思。

趁此機會，我馬上開始用網路查詢「搭乘交通工具時的英語表現」。說到「搭乘」可能會聯想到「ride」，但如果是「正要搭乘上去的動作」，使用的是「get on」。

那麼「ride」表示的是什麼？其實是「正在搭乘的狀態」。
另外，還可以用「catch up with」來表示「趕上」的意思。

get on ＝搭乘

例

I got on the bus at 8pm.

我晚上 8 點搭上了公車。

ride ＝正在搭乘的狀態

例

When I was riding the train, I met him.

當我正在搭火車時，我遇見了他。

catch up with ＝趕上

例

I ran to catch up with the train.

我跑起來，以便趕上火車。

在我知道這些表現後，才發現大學考用單字書收錄的困難單字，在實際生活裡幾乎都不會出現。當然，如果能記起來是最好，但等之後程度更高時再來記這些單字其實就可以了。以優先順序來說，我們還有更重要的事必須先做。

那就是**提升「活用簡易單字的能力」**。

具備這能力，就暫時不需要用到困難的單字。只要用我們所知最低限度的單字，就能表達出相當多種意思。

將 LINE 當成數位單字筆記

因此，我決定製作一份用簡單單字組合，就能傳達完整意思的「日常英語會話片語集」。

這就是**「LINE 數位單字筆記」**。

如前面「get off」的例子所述，我將網路查到的「能傳達意思的簡易單字組合」通通寫到筆記本上。但當累積到某個程度後，不僅管理不易，也不便於查詢、閱覽，發生了很多問題。

在我尋找能夠自己製作單字書的 App 時，我才驚覺身邊早就有個最棒的工具。

那就是**「LINE」**。

其實 LINE 可以建立「只有自己的群組」，而這能夠當成「自己專用的筆記本」。只要善用這個功能，就有以下這麼多種優點：

- 可以查詢
- 沒有任何書寫限制
- 因為每天都會用到 LINE，所以能讓複習成為生活的一部分

接下來我將說明用「LINE」編纂「數位單字筆記」的方法。

《步驟 1》用 LINE 建立兩個自己專用的群組

首先，**建立兩個「只有自己一個人的群組」**。一邊是整理用，一邊則是筆記用，我

自己各將名字設定為**「片語庫」**和**「片語錄」**。

LINE群組建立畫面

語錄」裡。

《步驟2》記下「不知道英語該怎麼說的狀況」

在日常生活中，如果碰上某些「不知道英語該怎麼說的狀況」，那總之就先寫到「片語錄」裡。

譬如前面提到向站務員詢問「該在哪裡下車」的情境，當時我不知道該怎麼表達「下車」這意思，這時就可以將「火車　下車」寫進片語錄。

若加上「在多倫多的〇〇站時不會說的字」等具體狀況描述會更好。如前所述，我們**更容易記住有「經歷」的短句**。

而且，就算在自己的國家也能養成這個習慣。我們可以思考日常發生的所有事「該怎麼用英語進行表達」。

例如，當廁所沒衛生紙時，就思考「沒衛生紙的英語該怎麼說呢？」如果想不出來，就寫進「片語錄」。

《步驟3》用網路查詢

接下來，一邊參照「片語錄」中累積的筆記，一邊用網路查詢自己還不知道的英語表達方式。此時參考的網站，盡量選擇「由母語人士編修，值得信任的網站」。

我最常用的有以下幾個網站。

- DMMなんてuKnow？（https://eikaiwa.dmm.com/uknow/）
- Hapa 英会話（https://hapaeikaiwa.com/）
- 英語 with Luke（https://www.eigowithluke.com/）
- ネイティブと英語について話したこと（https://talking-english.net/）

（編按：上述皆為日文網站。）

這些網站能從母語人士的角度提供意見，說明為什麼用這個單字，又為什麼不能用其他單字，可說是學習英語的一大助益。

另外，查好的單字也可以用「英英字典」再次確認意思。

舉例來說，搜尋「火車下車　英語」會出現「get off」，接著再用英英字典查詢「get

off」的意思。最後，就會得到「get off ＝ to leave a place」。

這樣就可以知道，「get off」指的是**「離開某事物」**。

因此如「get off work」，就有「下班」的意思。

「用英語」來了解英語，就不會陷入一般單字書那種「一單字配一釋義」的狹隘解釋，可以掌握單字更多元的涵義。

如此一來，你應該也可以發現自己成為了**「對這個英語表現特別熟悉的人」**。

順帶一提，這方法不需要帶著厚重的辭典，用網路的英英辭典就足夠了。其中我最推薦的是**「牛津學生辭典**（Oxford Learner's Dictionaries: https://www.oxfordlearnersdictionaries.com/）**」**。我試過許多辭典，牛津學生辭典的說明與用字，比其他辭典更簡潔，非常好懂。你不妨將其設定為瀏覽器書籤，以便隨時查詢。

《步驟4》寫出原創例句

知道「下車＝get off」後，接著就能寫出例句。與其記住網站上的例句，不如寫下「自己實際想用的句子」並背起來。

以這例子而言，我本來想說的是「我想去〇〇，應該在哪裡下車呢？」所以我寫的例句便是：「I want to go to 〇〇, do you know where I should get off?」

《步驟5》加上表情符號並進行整理

最後再寫進「片語庫」就完成了，不過建議用以下方式整理。

(1)加上表情符號

加上表情符號，在視覺上會更容易記入腦中。表情符號不一定要與單字意思有關聯，只要與自己碰上這單字時所處的情境有關就可以了。

(2)自創例句

接著寫上自己實際想用的「原創例句」。如果對自己寫的例句文法是否正確有疑慮，可以請「線上英語會話」協助訂正。

(3)一併寫上「情境」或「知識」等筆記

為了添加學到這個單字的經歷，我也建議可以順便寫上「當時在這個場合下沒說出口」等等的筆記，如此一來，若下次再遇上類似的場合，就可以瞬間用出這個短句。

用英英字典查到的「知識」也能一道寫進去。「自己查詢過的足跡」本身對那個人而言就是一場經歷，印象會更深。

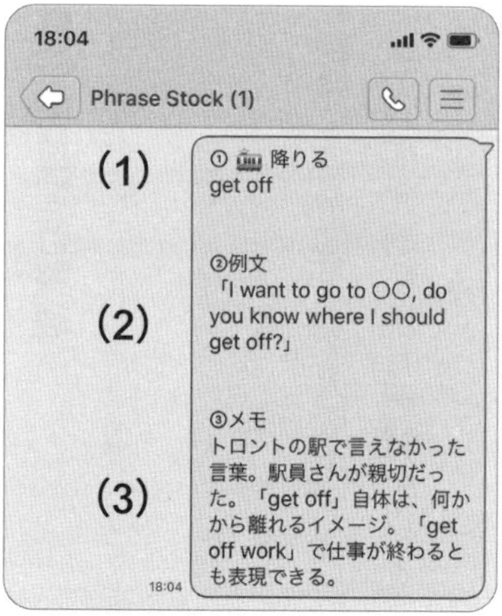

LINE群組畫面

累積絕對能用好的句子

以上便是「LINE 數位單字筆記」的編輯方法。

順便一提，用 LINE 整理單字後，只要用搜尋功能就可在一瞬間找到以前曾記錄過的單字。

對一個英語單字仔細查詢的這種方法，與以往那種「一天記一百個單字」的方法完全顛倒，我想或許有人會擔心憑這種速度到底能不能學好英語。

然而請你試想，靠快速硬背記起來的那一百個單字，你真的能在日常生活中妥善運用嗎？目的是否偏離成「今天要背多少個單字」了呢？

欲速則不達。與其處在「大概知道一百個的狀態」，不如以「持續累積絕對能用好的一句話」為目標努力吧。

「Siri」發音矯正

英語發音與「打噴嚏」相同

在宛如迷你外國的房間反覆練習「英語自言自語」的生活中，我在「發音」這個環節遇上了瓶頸。

我發現**「我沒辦法發 Girl 及 World 的音」**。這兩個單字，無論我怎麼練習，發音始終好不起來。

到底為什麼日本人沒辦法順利發出英語的音呢？

這是因為，我們在學習說英語的過程，往往是**「用片假名記憶單字」↓「嘗試說得像是英語」**。

例如說「Girl」與「World」時，日本人腦中會先浮現「ガール」（GARU）和「ワールド」（WARUDO），然後再試著用「像是英語」的腔調發音。

但以「GARU」及「WARUDO」為起點的瞬間，就已經無法發出正確的音了。

道地的英語發音，**「無論怎麼拼湊片假名，都是發不出來的」**。

要比喻的話，**這就跟「打噴嚏」一樣**。打噴嚏有時會用片假名「ハックション」（HAKKUSHON）來表記，然而實際上人打噴嚏的聲音根本不可能用片假名來標記，無論你怎麼拼，都拼不出真正打噴嚏的聲音。

英語的道理也與此相同。

日本人必須完全忘掉片假名的概念，才能重現道地英語中的發音。

「Siri」發音矯正

於是，我開始使用設定為英語的「Siri」，當成矯正發音的工具。以下是詳細的矯正方法。

①用語音備忘錄錄下自己的聲音

即便知道要忘掉片假名，但光是跟自己說話，也難以從客觀上理解「自己與母語人士到底有什麼不同」。

因此，首先可以用手機的語音備忘錄等功能，錄下自己「Girl」、「World」的發音。

聽過自己的錄音後，再用 Google 翻譯等功能播放「Girl」與「World」的發音。

接著，應該會覺得自己的錄音與正確發音「根本像是不同的單字」。

或許你會因為自己與道地發音差太多而感到氣餒，不過了解可以改善的地方後，進步也會變快，希望你可以試試這個方法。

② 觀看 YouTube 的解說影片

接下來可以參考**「YouTube 的發音解說影片」**。

之所以選擇 YouTube 這個平台，是因為可以從視覺上了解「舌頭最好這麼動」或「用說出〇〇的印象發音！」等等具體的提示。

我最常觀看的是這兩個頻道。

- バイリンガール英会話 | Bilingirl Chika
- Rachel's English

這兩個頻道皆做過「Girl」與「World」的發音解說影片，非常值得參考。

③ 對著設定為英語的「Siri」說話

在練習的最後，使用的是 iPhone 的語音辨識工具「Siri」。（Android 系統的使用者可用 Google 的服務「OK Google」。）

為什麼是「Siri」？

參考 YouTube 的解說影片並抓到發音的「訣竅」後，你應該會感到比獨自一人苦戰時更好的效果。話雖如此，「實際上發音到底正不正確」只能倚賴類似老師的存在做出判斷。

對我而言，我需要能瞬間判斷發音正確與否的工具，告訴我自己說出來的單字是「現在發音就可以了」還是「現在發音聽起來像是其他單字」。

這時我突然想到，設定成英語的「Siri」，不就是最好的老師嗎？

我曾試著對 Siri 說「嘿希里！GARU。」結果 Siri 顯示的卻是「Call」.,也曾說過「嘿希里！WARUDO。」結果卻顯示「Wall」。雖然 Siri 聽不懂令我大失所望，但作為「發音檢查機」卻有著優異的表現。

我打開 YouTube 確認「嘴巴的活動方式」，然後再次對「Siri」說話。

「嘿希里！GARU。」

當畫面顯示「Girl」的文字時，真是令我感動萬分。

只是再說一次後，又變回了「Call」。

若僅是「偶爾發得正確」，這樣還說不上是能夠正確發音。

雖然我花費一個月的時間才做到百發百中，但這也證明我確實用「Siri」成功矯正了發音。

鍛鍊 Girl World 肌

在訓練自己說到完美的一個月之間，我真的是每天反覆說同一個字，而這為我帶來出乎意料的回饋。

我發現，其他英語單字的發音也同時變得更流利了。這並不是誇張，特別是我並未專心練習過的其他英語單字，發音變好的感覺更是明顯。

我練出「能夠說好英語的肌肉」了。

我將這些肌肉稱為「Girl World 肌」。

尤其是「r」等發音，由於必須做出日語中幾乎不會做的舌頭動作或吐氣方式，因此發這些音時需要「英語發音用」的肌力。

不過希望你不要誤解，這倒不是說實際發音時，嘴巴的某處會有什麼出力的感覺。正好相反：我能更放鬆、更輕快地發音了。這與重訓鍛鍊出肌肉後，原本提不太起來的重物開始能輕鬆舉起的感覺相同。

如果學會發音，也能提升聽力

此外，**如果學會了發音，聽力自然也會提升。**

一般人提到聽力練習，都會聯想到「反覆聽聽力教材」或是「看電影」等方法，但是聽不懂的發音無論聽幾次，難道不都是「聽不懂」嗎？

舉個極端的例子，假設對「阿拉伯語」毫無知識的你，從今天開始要學習「阿拉伯語」。

在這個狀況下，「為了提升聽力，反覆看阿拉伯語的電影」會是個有效的作法嗎？我想就算你看一百次，應該永遠都聽不懂才是。

這是因為，**若不先知道「單字的意思」與「單字如何發音」，根本就無法達到「聽懂」這個階段**。

換句話說，如果想提升聽力，就必須事先「了解單字的意思，並能發出單字的音」。反過來說，若可以正確發音，就能聽懂單字。

發音練習是「娛樂」

進行發音練習還有一個理由，那就是當發音變好後，說起英語也會變得開心。

英語學習雖然有趣，但長期下來，會慢慢忘掉剛開始學習新事物時的雀躍感，也終將遇上瓶頸。但正是在這種時候，才要回想初衷。

你在開始學習英語前，見到能夠流利說英語的人，是否有過覺得「對方很厲害、很羨慕對方」的心情呢？

學習陷入低潮期的人，更應該勤加練習發音，用純粹的心體驗「從自己的口中說出嚮往已久的英語」這個樂趣。讓自己越開心的事物自然能持續越久，我認為發音練習就是英語學習中的「娛樂」。

以上就是我所構想，在自己的國家「留學」的方法。

的確，這些方法都不是容易的事，但我已不想再成為只對沒有錢的現況感到不滿，卻沒有實際付出的人了。正因如此，我才會拚了命地學習，只希望自己嘔心瀝血的努力不會白費。

為了給自己打氣，我在房間裡貼上這張自己寫的紙條。

「沒有錢」不代表「永遠無法開口說英語」。
正是在這種困境下，我們才激發出各式各樣的「創意」。

If you don't have money, come up with an "idea".

如果你沒錢，就想出「點子」。

第2章

學習篇

該如何學習英語？

讓我們再回想一下「會說英語」的定義吧，所謂「會說英語」，是指**「現在想說的原創英語短句能夠瞬間脫口而出」**。

有關於記憶「原創英語短句」，我的學習已開始逐漸上軌道了，但**「瞬間脫口而出」**這點，我還沒能做出正確的努力。

因此，**我構思了能夠統整前一章所提到，所有學習方法的獨門秘技：「英語日記」學習法**。

說到日記，你可能會想到「寫作」與「閱讀」，**但在我的學習法中，還特別強化了「口說」**。如前所述，只要能說出「正確的發音」，那同時就能訓練「聽力」。

換句話說，**只要詳實、細心地寫「英語日記」，就能同時提升「口說」、「聽力」、「閱讀」、「寫作」四大語言能力**。

我自己真的是靠這個方法學會說英語的。具體來說：

「第一年」，我達到「出國旅行可盡情享受，不受語言限制」的水準。

「第二年」，我達到「能和母語為英語的朋友談論較深話題」的水準。

「第三年」，我達到「雖偶有失誤，但能在當地順利工作」的水準。

現在，我將傾囊相授，告訴你如何在自己的國家使用「英語日記」學習英語。

本章內容聚焦在「學習方法」這一點上，希望你可以反覆閱讀，並實踐在生活中。

沒有錢也沒有時間，只是普通大學生的我都能做到。

我相信你一定也沒問題。

01

以「自然的母語」寫日記

自己將來想用英語表達些什麼？

在「英語日記」學習法中，我希望你最先做的，就是**用你「自然的母語」寫日記**。

如果馬上就用英語寫日記，那就只能用已經知道的單字書寫，這樣是無法增加字彙量的。

I went to school.
I saw my friend.
I ate lunch with him.

我去了學校。
我見到了朋友。
我和他一起吃了午餐。

若字彙量不夠，或許日記會寫成這樣，然而我們並非為了這種不自然的文章才學習英語的。

追根究柢，我們「書寫英語日記的理由」，**是為了事先學會開口說出「自己某天會使用到的英語短句」**。

因此要先寫母語日記，整理自己「平常做了什麼事」與「平常都在思考什麼」。

例

雖然之前和裕子約了要吃飯的日期往後延，不過今天總算見到她了。裕子果然都沒什麼變。總之，與好久不見的好朋友重逢實在太棒了！

在寫好日記後，可以發現文章中有「之前約定好」、「延期」、「久別重逢」等等，雖然現在可能還不知道該怎麼用英語表達，但卻是「自己某天或許會用到的方便短句」。而這就是關鍵。

「口語」也沒關係

另外，由於我們只是想知道「自己某天或許會用到的英語短句」，所以日記不需要寫到如「今天做了〇〇……」一樣正式。

譬如我在美國旅行遇到喬瑟夫時那樣，在回顧一天的經歷後，想著「想要學會表達謝意的短句」，那麼只要在那天的日記上，用**「口語」**的方式寫下「對喬瑟夫的感謝」就可以了。

例

今天對初次見面的我如此親切，真的非常謝謝你。感受到你的關懷了，真是感激不盡。希望有天可以報恩，還請你以後一定要來日本玩。

這裡在寫下日記後，同樣可以找到「初次見面」、「親切待人」、「報恩」等等「最好先學起來的短句」。即使當時沒辦法脫口而出很令人不甘心，不過未來一定還有機會再次用上這些「想說卻沒能說出口」的短句。

只要先練習說到完美，那麼下次需要時，即可輕鬆說出短句，不再支吾以對。

02

句子長度為「10秒內能說完的一句話」

挑選特別想學會說的「一句話」

接下來，終於要將日記翻譯成英語了，不過，在此之前還有一個重點，那就是翻譯時不需要整篇日記都翻譯，只要將特別想學會說的「一句話」譯成英語就好。

這是為什麼呢？

因為如果文字量太多，**就沒辦法立刻脫口而出**。

必須再三強調的是，我們現在的學習方法與目標，是事先學會「自己想表達的短句」，然後等到真正需要用的時候才能「瞬間脫口而出」。

譬如以下這兩段範例。

哪一段比較容易開口表達呢？

① 將日記內容全部翻譯成英語

The first thing I did when I lived in Canada was focusing on making cool designs that would catch peoples' attention. It took around a year, but I gradually was able to make "graphic design" into my occupation. This is because people who were pleased with my designs were willing to pay me to work for them. The important thing was not to focus on earning money. If we make an effort to make people happy, money will automatically come.

② 只將日記中「特別想學會說的一句話」翻譯成英語

If we make an effort to make people happy, money will automatically come.

文字量少的②顯然更容易學起來。

當然，我也知道你可能會希望像例①這樣一口氣學會一大段英語。然而，好不容易翻譯好的長篇文章，若在一個月後就全部忘掉（以口說的觀點來看），那麼這個作法就沒什麼意義了。現在的我們最應該做的，是扎實記住單位更小的「短句（能表達完整意思，由數個單字組成的詞組）」，並練習「隨時能脫口而出」的能力。

我之所以說得如此斬釘截鐵，正是因為我有過熱衷於「將整篇日記譯成英語」，結果「什麼都沒記住，也完全派不上用場」的時期。以為自己只要翻譯整篇日記、學的量多，就會有種好像「自己很努力」的錯覺。

在這五年間，我持續書寫「英語日記」並進行多方嘗試，了解到英語日記最理想的英語量，是**「十秒內能說完的一句話」**。

因此，我希望你從先前寫的「自然的母語日記」中，挑出自己「特別想學會說的一句話」。

例

某一天的日記

「今天，時隔五年，去了長野的奶奶家。成為大人後，變得越來越喜歡鄉下。雖然當初因為想要獲得刺激才來到東京，但或許現在想要的其實是『療癒』也說不定。隨著年紀增長，開始有了與過去完全相反的想法。」

↓　**挑選「特別想學會說的一句話」**

「隨著年紀增長，開始有了與過去完全相反的想法。」

用一句話總結日記內容

另外，如果在日記中找不到特別想學的一句話，那麼改成「用一句話總結日記內容」也可以。

例

某一天的日記

「我在二手 CD 店買了披頭四的唱片。雖然受到父親影響，已經聽了十年以上的披頭四，但現在還是不會膩。一開始只是喜歡他們的音樂，但後來逐漸發覺到他們的時尚魅力，現在的我已經是個忠實粉絲了。」

↓

用一句話總結日記內容

「之所以成為披頭四的粉絲，除了音樂外，還感受到他們的時尚魅力。」

順帶一提，雖然我說最好是「十秒內能說完的一句話」，但這只是大概，句子稍微長一點或分成兩句也沒有關係。

若還有餘力學習更多，或想進一步加強「寫作能力」的人，也可以採用「將整篇日記全譯成英語，然後只挑選一句話練習」的方法。

無論是哪一種方法，個人最推薦的作法，還是「盡量縮短每天要記憶的文章量」。這是因為「需要記的文章量少」這件事，可以大幅減少精神上對學習的抵抗；如果想到「接下來要開始做辛苦的事情」，我們應該都不會產生幹勁才是。

減少對學習的抵抗，靠自己設計創造出「適合面對學習的狀況」，才能獲得最好的效果。

搶先體驗「說不出口而感到不甘心」的情境

選好想學的短句後（或寫好「概要」後），在開始譯成英語前，**先試著自己用英語**

說看看。

即便這時語塞，心中感到「不會說……」的不甘心，然而插入這段「打算靠自己說」的過程，更能加強之後對這個短句的記憶。

如同第一章所述，「經歷」越是深刻，短句就越容易記住。

雖說教材是自己寫的「日記」或「口語化的語彙」，這個瞬間就已經比課本例句有更多的「經歷」了，但在嚐到這份「說不出口的不甘心」後，更能加深這句短句給你的印象。

這個作法能像這樣讓你碰到許多「沒辦法順利表達意思的短句」。
而這是個非常好的徵兆。
為什麼？
因為這可以使你了解**「現在的自己能用英語說什麼、不能說什麼」**。

例

原本想說的短句
「我認為持續付出使人幸福的努力，自然就能獲得金錢。」

↓　**試著說成英語**

「If I（努力要怎麼講……）
do my best?... and make people happy, I can earn money ...（自然又該怎麼講……）」

像這樣自己掌握自己的能力水準，也是一種努力。

以上一連串過程，其實也是對「將來去到國外時，極有可能發生在自己身上的狀況」進行推演。

現在，我們正在做的事「最接近實際說英語時的感覺」。

我自己已有多次「不會說……好不甘心」的經驗了。這種令人尷尬不已的情況，現在先自己一個人體驗吧。做足準備，才有能力迎接未來會面臨的真實對話場面。

03

以「替換例句關鍵字」的方法寫英語句子

別用辭典「直譯」

將文章譯成英語時，最重要的，就是**不要用辭典一字一句「直譯」**。

為什麼不該使用辭典直譯呢？

因為**「英語會變得不自然」**。

例

原本想說的短句

「明天約定好跟裕太玩」

↓

用辭典查「約定」可以找到「appointment」

↓

I have an appointment with Yuta tomorrow.

※ 不自然的句子

由於用辭典查「約定」這個單字會找到「appointment」，因此許多人往往會誤用這個字，但其實「appointment」指的是「看醫生的預約、商務上一對一會面的約定」。若想表達「出去遊玩的約定」，那麼用「plan（to hang out）」意思才精確。

替換例句關鍵字

那麼該怎麼寫出自然的英語句子呢？

我採用的是**「替換例句關鍵字」**這個方法。

所謂「替換例句關鍵字」，就是用網路查詢「既有的例句」，並將主詞與受詞等**關鍵字替換成「自己想說的事情」**，如此一來，就能以非常接近正確答案的形式取得「自己專用的英語例句」。

例

想用英語說「明天約定好跟裕太玩」

步驟① 用網路搜尋「約定出去玩　英語」

↓

步驟② 找出似乎能參考的例句

I have a plan to hang out with my friends this weekend.

這個周末，我與朋友約好要出去玩

↓

步驟③ 將關鍵字替換成自己想說的單字

「my friends」換成「Yuta」

「this weekend」換成「tomorrow」

↓

完成！

I have a plan to hang out with **Yuta tomorrow**.

像這樣在既有的正確例句中替換掉「最低限度的單字」，**就能直接以道地英語的語感創作出「原創的例句」**。

另外，想要找正確例句時，可以參考第一章「LINE數位單字筆記」中所介紹「由母語人士編修，值得信任的網站」。

用「推特」搜尋最真實的例句

不過，有時候「網路也搜尋不到可以拿來參考的例句」。

這時最好用的就是**「推特搜尋」**了。

推特上有著數量龐大的英語使用者，只要多費心思，就能從這些使用者的推文中找到可用的「例句」。

例

原本想說的英語短句

「2 年前住在加拿大時，我遇見了許多值得信賴的人。」

步驟 ① 網路搜尋「值得信賴的人　英語」

步驟 ② 雖然找到「值得信賴的人＝reliable people」這種表現，但沒有好的例句

步驟 ③ 在推特搜尋欄搜尋「reliable people」，看看母語人士使用這個表現的推文（此時用「" "」框住想要搜尋的內容，就能將其當作一個詞組搜尋）

步驟 ④ 參考與自己想說的短句最接近的推文，用「替換例句關鍵字」的方式創作自己的例句

When I lived in **France three** years ago, I met a lot of reliable people.

↓

When I lived in **Canada two** years ago, I met a lot of reliable people.

當然，有時也會找不到與自己想說的句子完全一致的例句，不過可以將句子拆成前半與後半，以短句為單位搜尋，找到盡可能接近的句子，最後再試著把句子組合起來。

善用「替換例句關鍵字」及「推特搜尋」這兩個方法，只要是十秒內能說完的一句話，幾乎都可以在「十到二十分鐘內」完成自己的例句。

除此之外，推特搜尋也能帶來「原來這個單字時常與○○搭配使用」等意外發現，或是「因為幾乎沒有人使用同樣的表現，所以這不是很口語的說法」等貼近真實使用情況的感想。

對並非母語人士的我們而言，或許難以了解道地的「語感」，然而我們還有一件事可以努力，那就是**將「語感」當成知識吸收，慢慢讓身體學會道地的英語**。

推特上有破億的英語使用者，他們每天發的推文彷彿是「活生生的例句製造機」。我甚至認為他們的一字一句，似乎都寄宿著「朝氣蓬勃的生命」。

04

請「線上英語會話」幫自己訂正

請老師協助訂正的方式

完成「原創例句」後，接下來就「請老師幫忙訂正」吧。

雖然句子本身經過許多程序細心創作，因此會比全憑自己空想的英語句子還要來得正確才是，不過對現在的我們而言，想完全重現「自然的英語」仍有困難。

所以我們才要**請「線上英語會話」的老師，協助檢查自己的日記「是否自然」**。

線上英語會話的上課流程通常是「自我介紹」↓「上課」，而我們要在這中間**插入「訂正日記的時間」**。

按照以下的方式進行，就可以順利地完成整個過程。

大多數老師都非常歡迎這種會「主動學習」的學生。在我的經驗中，從來沒有被老師拒絕過，每位老師都很親切且細心地檢查日記。老師們往往能提供相當實用的意見，譬如「用〇〇聽起來會比較自然」或「這個表現有點過時了，現在的人比較常用〇〇」

線上英語會話的上課情景

在線上英語會話中請老師協助「訂正」的方式

①開始上課，向老師自我介紹
②在正式進入課程前，先這樣詢問老師

Before we start the lesson, I have something to ask you. I keep a diary in English. Could you check and correct my entry for today?

在開始上課前我想請問您，我現在正在用英語寫日記，可以請您檢查並訂正今天的內容嗎？

等等。這些意見都能當作下次寫句子時的參考。採用這個方法，久而久之就能提升我們的「寫作」能力。

完成訂正後，我們就能獲得**「不僅完全原創，學起來也必定能派上用場的英語例句」**，且僅憑課本絕對學不到如此實用的句子。

我甚至覺得這些例句簡直就是**「寶藏」**。像這樣一句話、一句話慢慢地累積，終有一天能為將來的海外生活帶來滿滿的收獲。

線上英語會話是「練習賽」

這裡我要先說明在線上英語會話的「正式課程」中應該做的事。

線上英語會話的訣竅，**不是「獲得」，而是「使用」**。

我認為線上英語會話就像一場**「練習賽」**。

上課時，我們可以用自己理想的英語水準，獨佔一位能夠說英語的老師，平常根本不可能有這麼奢侈的狀況。在線上英語會話的時間，去學習能夠自己學的「文法」未免太浪費了。

在這個大多數事情都能靠自己做到的時代，唯有「會話」必須有另一個人相伴才能做到。抱持著「來打一場口說練習賽」的心態，才能完整發揮線上英語會話的價值。

譬如，若是在近期必須使用英語的人，那就寫下在那個場面可能會用到的所有英語短句，然後在課程中請老師幫忙訂正，並請老師順便指導發音或說話方式。

當然，使用線上英語會話中對方準備的教材也沒關係。

我最推薦的是**「自由談話」**與**「新聞教材」**。

①自由談話

在自由談話中，先從自我介紹開始，接著聊聊自己喜歡的事物或彼此詢問對方的興趣，也可以談平時的工作、假日休閒時會做什麼等等生活話題。

這些話題「極為接近在國外跟初次見面的人相遇時的對話」。我們可以在此時訓練自己，使自己能毫無窒礙地用英語介紹與自己有關的基本資訊。

透過英語日記中「自己平常發生的事」與「日常生活中思考的事」學到的各種例句，不妨就在這裡盡情說出來看看吧。

②新聞教材

但是，如果每次上課都是自由談話，就會變得千篇一律，因此也要適時插入「新聞教材」。選擇新聞時的重點有兩個。

第一點是選擇「自己有興趣領域的新聞」。

「自己有興趣的領域」代表在未來的海外生活中，這也可能是最常被提起的話題。若能藉由上課先預習，當然是最棒的練習方式。

另外，如果每次新聞教材都選用「五分鐘左右能讀完的新聞文章」，也會是「最好的閱讀練習」。

第二點是，最好把時間花在讀完新聞後的「討論」上。「討論」可以同時測試「爆發力」、「構思力」、「語彙」、「發音」等等「多方面的英語會話能力」。

一開始，我想你應該都會經歷「說不出口而感到不甘心」的沮喪之情。這時可以先講完自己現在會說的部分，待老師領會自己想表達的意思後，像以下這樣詢問老師。

How should I say this in the proper way? Could you type the sentence in the chat box for me?

這個意思該怎麼表達才是恰當的？可以請您將句子打在對話框中嗎？

請老師提供正確的句子後，你又獲得了一個「自己原創的例句」。將這個句子當成「隔天英語日記短句」的題材吧。

三個推薦的線上英語會話

最後，我想介紹三個我自己親身使用過的線上英語會話。

① DMM 英語會話

DMM 英語會話旗下有來自一百多個國家的老師，以菲律賓籍老師居多，也有許多能流利說英語的塞爾維亞籍和羅馬尼亞籍老師。「在自家電腦螢幕上，每天與不同國籍的老師見面的體驗」可說令人興奮無比。

推薦給喜歡去世界各地旅行，想和來自不同文化的人聊天說話的讀者。

另外，DMM 英語會話還有「母語方案」，由來自美、英、加、澳的老師上課。若你對自己之後想去的國家有明確目標，可以選擇這個方案，挑選該國老師，這對之後的生活有非常大的幫助，可以從老師身上聽取當地的生活資訊。

（編按：DMM 英語會話介面均為日文，但台灣有與 DMM 幾乎完全相同的 Engoo，提供讀者參考。）

② RareJob 英語會話

RareJob 英語會話的最大特色是，比起其他線上英語會話，「方案設定」更加多元、充實，譬如「日常英語會話方案」、「商業英語會話方案」、「國高中生方案」等。

在體驗課程後，還享有「日本人家教的諮詢服務」，課後輔導可說非常周到，這是其他家線上英語會話沒有的優點。對不知道該從何下手的「英語學習初學者」，或是不擅長自立方針、主動學習的人來說，這是最適合的英語會話服務。

（編按：RareJob 英語會話介面均為日文。）

③ Native Camp

「Native Camp」最大特色是不用預約，可以在任何時間、不限次數與老師上課。

而且，其他線上英語會話，通常將上課時間設定為「二十五分鐘」，Native Camp 卻能夠以「五分鐘」、「十分鐘」的方式授課，可以充分運用零碎的時間。

成本效益佳，使用又方便，因此特別推薦給「想在出發去國外前進行短期口說訓練」的人。

（編按：Native Camp 是來自日本東京的語言學習業者，目前在台已有繁體中文版網站，提供與本書所述之相同線上課程服務。）

致「想學會開口說英語」的你

無論你選擇哪一家線上英語會話，價格都很實惠，而且都可以在家透過網路，輕鬆用視訊功能上課。

線上教學的「低廉價格」與「便利性」，讓我打從心底感激自己生在能進行高品質一對一真人教學的年代。

活用這項服務，就不再需要價格昂貴的「每周一次英語會話教室」或「歐美外語留學行程」了。

順帶一提，幾乎所有線上英語會話，都提供大約兩次的免費體驗課程。

我希望所有「想學會開口說英語」的人，都能親身體驗這個革命性的學習法。

05

「手機自言自語」練習法

讓嘴巴熟悉如何說英語短句

關於「口說」，在這五年間努力不懈的我，有自信這麼說：**「實際開口說越多次的短句，越容易學起來。」**

例如表達「你好嗎？最近如何？」的英語招呼，有以下幾種。

- How are you?
- How's it going?
- What have you been up to?

我剛開始學習英語時，都有「背過」這些招呼，然而實際上從嘴巴說出來的往往都是「How are you?」。

這是因為我自己極少實際開口說出「How's it going?」或「What have you been up to?」等其他短句。

當我發現這件事後，就不斷練習這兩個短句，直到像是要超過我一輩子說過的「How are you?」的次數。不久之後**「嘴巴開始習慣說這些短句」**，之後就能自然地在對話中使用這些招呼了。

沒錯，**「開口次數」與「擅長程度」有直接的關聯性**。

透過英語日記仔細完成的「原創例句」，若只是「寫好放著」就沒有任何意義了。只有進入「嘴巴說到很習慣的狀態」，這些短句才能發揮它們的價值。

因此，這個學習法的最後一項工程，就是**「手機自言自語練習法」**。

在這個練習方法中，我們要最大限度地活用「手機」的功能，**用「自言自語」的方式，反覆朗誦當天寫好的英語日記**。

前面說到線上英語會話像是「練習賽」，而為了成功進行「練習賽」，就必須進行「自主訓練」。這與運動完全相同，只是自主訓練主要內容是「自言自語」。

話雖如此，也並非毫無目的自言自語就好。

這是因為，只是自己一個人不斷說話，**「發音」**與**「重音」**等能力不會進步，說不定還有可能養成錯誤的發音。「自言自語」也是需要「訣竅」的。

想要學會什麼技能時，最基本的作法就是「模仿專家」。

不過，由於英語日記是「自己寫的文章」，並不會有像是課本附的發音教材供學生練習。

那麼，該怎麼做才好呢？

《步驟1》用語音「朗讀」功能跟讀範本

(1)從手機設定中啟動「語音朗讀功能」

(2)用下載到手機內的「備忘錄 App」輸入當天的英語日記

(3)選擇英語，並按下「Speak（朗讀）」按鈕

這麼一來，手機就會用非常接近道地英語的發音，朗讀所選的英語段落。

於是我們完成了自己的「原創發音教材」。

尤其 **iPhone** 還有以下多種功能。

- 可以調整朗讀速度
- 可以選擇美式英語、英式英語、澳洲英語等各國的英語口音
- 男性與女性的語音各有多種類型可選，可從二十多種語音中選擇適合自己的類型

只要聽著這個「範本」並進行**「跟讀」**，就能達到學習效果。

跟讀，就是聽著播放聲音，然後以幾乎同步的速度開口模仿。一般跟讀法會將重點放在「跟上語音的速度」，發音細節多半會敷衍過去，但我認為最重要的是，**即使速度慢一點也好，必須完全重現英語的「重音」及「連續單字連音的部分」**，譬如以下這個句子。

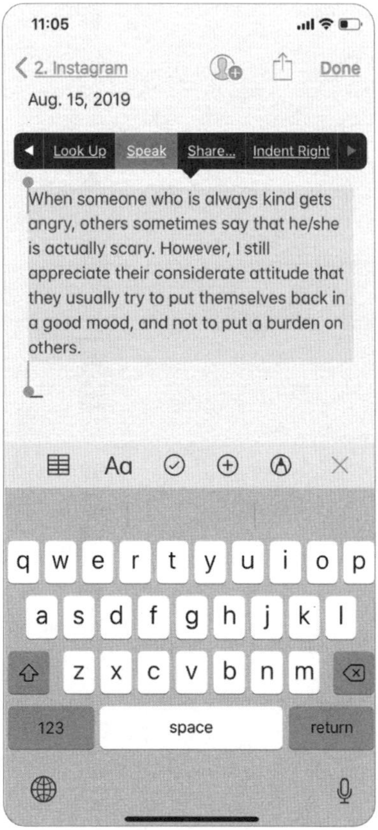

iPhone備忘錄App的語音朗讀

例

I like talking with my friends in English.

我喜歡和朋友說英語。

前半的「I like talking」，母語人士說話時有自然的**「重音（音的強弱）」**，仔細聽他們的發音，聽起來會比較像是「I like talkin'（重音放在 like 及 talk）」。

另外，後半的「friends in English」，實際上因為**「單字連音時會改變發音」**，所以聽起來比較像「friends'n'English（連接詞 in 常會輕輕帶過）」。

我希望你可以留意這些「發音的細節」。

因此，在跟讀練習一開始，我建議**最好仔細聆聽，專注於「重音」與「連音」**。

然後，「試圖完整重現播放的語音」，實際開口練習。

《步驟2》用語音「輸入」檢查發音

若能在不看文字的情況下說英語了，那就**使用語音「輸入」功能**，檢查自己的「發音」是否正確。

按下「語音輸入鍵」並對手機說話，嘗試看看是否能每次都顯示同樣的內容。

此時應該會出現「手機不太能辨識清楚的地方」，那就再次用「語音朗讀功能」確認範本的讀法，然後反覆開口練習，直到手機能完全辨識出你的發音。

像這樣善用「語音輸入」，也能讓手機成為「發音檢查器」。

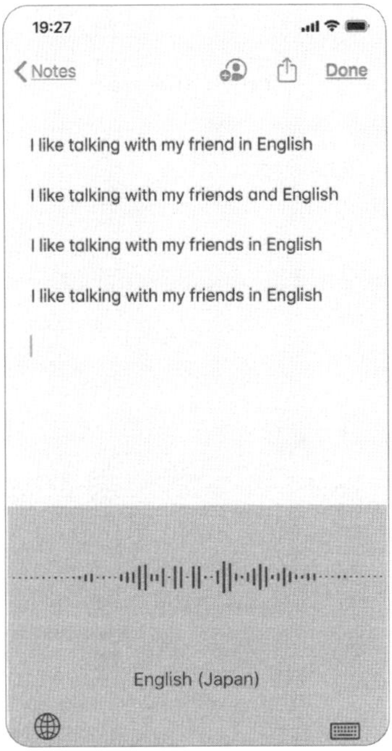

iPhone備忘錄App的語音輸入

《步驟3》「自言自語情境模擬」

最後，達到「不用看文字也能正確發音」的水準後，就放下手機，開始進行**「自言自語情境模擬」**。

「自言自語情境模擬」，**指的是在腦中設想一個說話對象，並模擬一個使用這個短句的情境，然後用英語自言自語**的練習方法。

以我自身為例，如果當天的英語日記寫的是「與感謝有關的短句」，那就回想起「那天在美國，喬瑟夫開車載我回到旅館的場景」，然後帶著情緒比手畫腳地練習。

Oh Joseph, thank you so much! I really appreciate your kindness.

喬瑟夫，眞的很謝謝你！我相當感激你的好意。

我希望你務必在自己的房間試試這方法，這個「情境模擬」非常重要。

為什麼呢？

我想曾經出過國的人應該能了解，當母語人士實際站在面前時，比起英語能力，更需要克服的是「緊張」：大多數人其實都是因為緊張而語塞、支支吾吾。

這份緊張，來自不小心挑戰了「學習」↓「正式對話」這個過程。如果能在這中間插入「模擬」，以**「學習」↓「模擬」↓「正式對話」**的方式面對母語人士，那就能減緩一定程度的緊張，避免說不出話的窘境。

每天說一百次

順帶一提，朗讀英語日記的次數，個人建議每天至少要說「一百次」。

我自己大致是以這個比例來練習的：

- **聽語音「朗讀」的範本並跟讀↓三十次**
- **用語音「輸入」檢查發音↓三十次**
- **「自言自語情境模擬」↓四十次**

一百次乍聽之下很多，但英語日記的句子「十秒內就能讀完」，理應十到二十分鐘就能練習完畢。若沒有較長的練習時間，那麼在通勤、上學途中一邊走路一邊開口練習也不錯。

複習方法

此外，為了加深對短句的記憶，在朗誦當天的英語日記前，最好先朗誦幾次「一天前」、「兩天前」或「一周前」的英語日記。

光是這麼做，就能更深刻地記住短句。

在累積相當程度的英語日記後，也能隨機選擇以往某天日記的「日語原文」，然後練習是否能脫口說出當天日記的「英語」。

要是能做到這麼徹底，「讓自己的嘴巴熟練說出英語短句」，就可以在真正需要那個短句時「瞬間脫口而出」。

這正是「會說英語」的意思。

最大限度活用 Instagram 的方法

洋洋灑灑寫了這麼多學習方法，我想傳達的重點只有一個。

無論是多麼優秀的方法，「若不能持續就沒有意義」。

我們已經了解「細心寫英語日記」是「學會說英語」的最短捷徑，那麼接下來還得用與面對學習同樣的熱情來思考「持續」這件事。

於是我選擇了 Instagram。

《理由1》「複習」將成為最親密的存在

首先，**在 Instagram 上建立一個英語用的帳號**，並將日記發布到上面。若最常用的社群軟體 Instagram 能夠跟英語學習結合，那就能大幅降低學習英語的心理門檻。

Instagram 可以一鍵切換帳號，因此平常使用原本的帳號時也能隨時換到另一個帳號複習英語，讓學習更加自由、隨興。

這和第一章介紹用「LINE」建立數位單字筆記的理由相同。

在日常生活中頻繁使用的手機App裡塞入「英語學習」的要素，就可以讓「複習」更加親近。

《理由2》可以用限時動態練習口說

此外，Instagram具有「限時動態」這個功能，可以上傳在二十四小時內就會消失的影片。

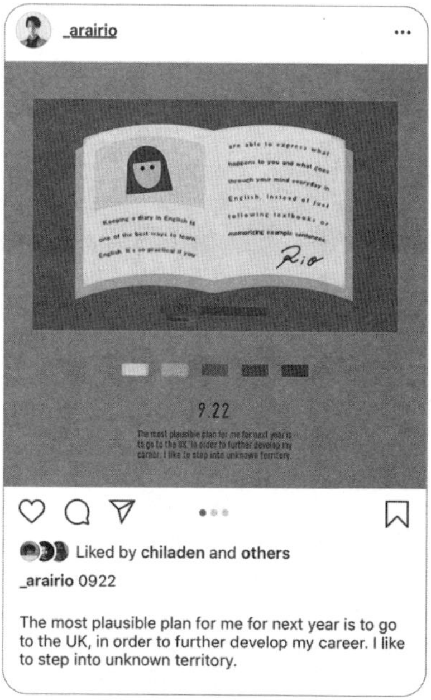

發布在Instagram的英語日記

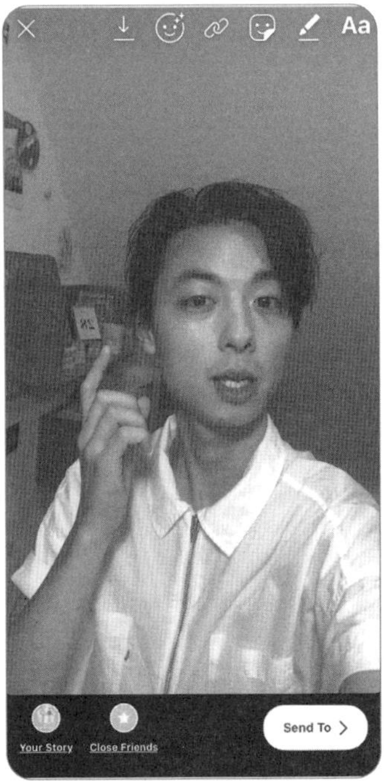

用限時動態進行口說練習

我們可以用這個功能，將開口練習一百次的短句發音影片（或錄音）當作那天的學習成果發布。若養成錄下自己發音並回聽的習慣，就能抓出可改善之處，明白應該集中練習的重點。

發布的限時動態影片可透過典藏功能，將只有自己能查看的內容儲存起來，以便日後回顧自己發音的進步程度。

《理由3》可與其他英語學習者一起學習

Instagram 的英語用帳號有兩種使用方式。

第一種是將帳號設為不公開，無人追蹤也沒有粉絲，完全當成自己「練習的工具」。第二種則是設為公開帳號，「並與其他英語學習者一起學習」。

個人更推薦後者，原因是「拉其他人一起」對堅持下去的效果最佳。

「英語日記 BOY 社群」

在「持續維持英語能力」的理念下，我在二〇一九年五月開設了**「英語日記 BOY 社群」**。

這是任何人都可以參加，「使用Instagram帳號的線上私人社群」。

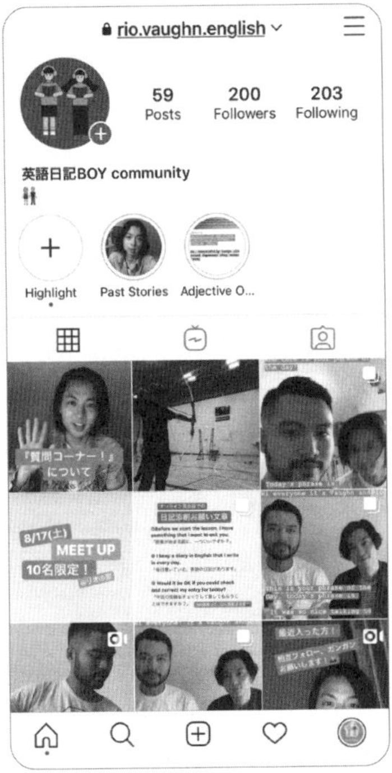

「英語日記BOY社群」

我和加拿大籍講師沃恩（Vaughn）每周都會上傳英語課程影片，然後請參加者參考影片，寫下英語日記並發布到動態上。

此外，限時動態也會公開「當天的英語實際發音影片」或「每日的代辦清單」，讓社群保持適當的緊張感。

雖然使用現代工具絕對能靠「自學」學會說英語，但自學唯一的難處也在於「終究只能靠自己學」，這時候就需要「強大的意志力」才能堅持下去。

但我不認為「只有意志堅定的人才能學會說英語」。

我得再三強調，關鍵在於**「塑造環境」**。

現在這個社群已有超過兩百位「真心想學習英語的日本人」加入其中。技能都是在「不成熟也得使用」的情況下逐漸成長的，但大多數人都覺得展露不成熟的能力而被嘲笑是一件非常丟臉的事。

但在這個社群中「大家都還在學習路上」，任何人都不會嘲笑其他人不成熟的英語。倒不如說，大家會互相稱讚對方的成長，彼此砥礪、切磋。光是身邊有著一起學習的夥伴，學習再怎麼辛苦也甘之如飴。

想在現實世界遇到這般志同道合的同伴並不容易，正因如此，更應該善用線上社群。網路上還有著各式各樣的社群，當你想提高某種技能時，不妨去尋找能與自己以相同熱情追尋目標的夥伴。

以上就是我「英語日記」學習法的一切。

理所當然，我也並非一開始就有這麼多的構想與點子。

我花了五年時間，經過多方嘗試與改善，才終於建立起完整的學習方法。

希望將本書捧在手上、看到這裡的你，能抱著「省去五年煩惱時間，真幸運！」的心態，親身實踐本書所提到的各種方法。

並不是去國外留學就能夠學會開口說英語。

而是「因為自己努力學習」才能學會英語。即使身在自己的國家，不用花大筆金錢，就能隨時學習英語的方法，要多少有多少。

真正有意義的學習，是可以一邊學，一邊感受到「自己正在穩定成長」。

感受到意義的學習，是快樂的。

是的，學習本來就該是「快樂」的。

本來做不到的事情，開始做得到，這世上沒有比這更令人振奮的了。

所有學習「都是為了幫助未來的自己，讓自己更加閃耀」。

第3章

實踐篇

該如何使用英語？

只要認真堅持第二章所提到的學習法，必定能開口說出流利英語。

但是，這邊我想提及一件很重要的事。

許多人在學習英語的過程中，時常忘記一個重要無比的事實。

那就是**英語必須結合某些事業「使用」，才能真正展現它的價值**。

「希望能說得一口流利英語」的人多如天上繁星。或許會說英語這件事給人一種印象，似乎只要會說英語就可以在國外自由自在、隨心所欲做自己想要的工作。過去的我也是如此深信。

但英語終究只是一個工具，光憑這點還不足以當作攻略世界的武器。

我不打算只將本書當成一般的「英語學習書」。

學會英語並與某些事業結合，才能看見嶄新的美好未來，而這幾乎能顛覆至今為止的所有常識。這才是我想告訴你的重點。

英語具有不斷產生令人難忘經驗的力量，足以洗刷、端正你現在心中的糾葛與憂憤，讓活著這件事本身變得更快樂。這可不是單純的精神鼓勵。會說英語，代表你將不再受到地區限制，可以走出更寬廣的世界。

我們現在可以選擇一切。不論工作、住所還是想認識的人們。

正因如此，在努力提高英語能力的同時，「英語該與哪些事業結合，該如何活用在人生中」也就成為相當重要的觀點。

你想用英語做些什麼？

最後一章，我將以具體例子解說英語用法，以及如何與你想從事的事業結合。

希望你在閱讀時，也能在腦海中勾勒未來的輪廓，思考「若是自己會怎麼做」。

給自己的留學設一個標題

啟程前往加拿大

二〇一六年三月，我訂定了一個新目標。

我要**「以平面設計師的身分，在加拿大求職謀生」**。

如第一章所提及，在開始學英語之前，我為了製作自己的樂團周邊，也開始自學平面設計。雖然想靠這一丁點賺來的錢過活頗為困難，但在花了兩年時間後，也漸漸能在國內接到一些工作了。

於是我開始思考。

前年在加拿大巡演時，雖然英語能力尚不成熟，不過當地的觀眾仍然相當熱情，使我得到永生難忘的經歷。既然現在英語比當時更流利，那麼我是不是能挑戰更遠大的目標？

然後我決定了。

「接下來是設計。以平面設計師身分前往加拿大，將順利自立門戶當成目標吧。」

對當時年僅二十歲的我來說，加拿大巡演的成功太令我震撼了。最大的夢想「英語×音樂」彷彿實現了。如果今後只是普通地生活下去，還有可能發生比那更令我感動的事情嗎？若要說有什麼足以超越的經驗，應該就是實現「英語×設計」的夢想吧。

日本人不用簽證就能在加拿大居住六個月，若用打工度假簽證能再加一年，總共一年半。我應該要善用這項優勢。

「想要挑戰某些事」這份情感比想像來得更為珍貴，我覺得必須好好珍惜。既然都活著了，即使要捨棄至今為止累積的一切，也值得我們將人生全力賭在這份心意上。

因此，我從大學休學，也停止樂團活動，啟程前往加拿大多倫多。

為自己的海外生活設一個標題

閱讀本書的讀者中，可能有許多人期盼「將來有天在國外生活」吧。

若你也是這樣，我建議你，**「為自己的海外生活設一個標題」**。

如果心中有個模糊不清的目標，那麼當務之急，就是「釐清自己真正想做的事，決定更明確的目標」。這是因為，**人類無法在抽象且模糊的概念上努力不懈，必須要以明確事物為目標才行**。

假設某人訂立了以下這樣的目標。

「總有一天要在國外的咖啡廳工作。」

當然，我認為這是很不錯的契機，讓人產生動力。但是，對這個目標，我心中也會有所懷疑。

「總有一天是哪一天？」
「國外是指哪裡？」
「具體來說，在咖啡廳工作到底是什麼意思？」

這動機太含糊，難以說服我們自己每天花費寶貴時間「學習、練習」，最後終究會放棄努力。在五花八門的誘惑中，沒有選擇電視或社群網站，而是堅持不懈地選擇「學習、練習」，只有這樣的人才能獲得「實現夢想」這個果實。

這樣聽起來似乎很嚴苛，令人望之卻步，不過其實這是有訣竅的。

這個訣竅就是，**在一開始就為自己接下來要展開的海外生活，設下一個「標題」**。

例

當海外生活的目標含糊不清時

「總有一天要在國外的咖啡廳工作」

↓

看不出現在應該做的事

若為海外生活訂下標題

「2020 海外生活：以咖啡師身分進入澳洲〇〇咖啡廳工作，並用英語學習能在國外咖啡廳工作的專業知識。」

↓

可以看出現在應該做的事

- 出國前就準備好英語履歷書，一到當地就可以立即找工作。
- 透過線上英語會話進行模擬面試。
- 先學好在咖啡廳工作時能用上的英語待客短句。

對未來的想像必須要如此清晰才行。當然，即使之後改變預定計畫也沒有關係，但關鍵就是要暫時決定一個明確目標，才能在短時間內了解「現在自己缺少什麼領域、什麼類型的技能」。

我不太相信「總之先去看看，船到橋頭自然直」的說法。實際上，正確的觀念應該是「就算心懷明確目標，進行縝密準備，但還是有很多不如意的地方，即使如此，還是為了跨越難關付出各種努力，問題才能迎刃而解」。

以「理想能力水準」來思考

另外，訂定標題時，無須考量自己「現在的能力水準」。

你要想的是**「自己已經旅居國外時的理想能力水準」**。

我們往往會以「現在的能力水準」來訂立勉強可達成的目標，卻忘了「只要努力學習並練習，英語能力必然會穩定提升」這個事實。

我自己便訂定了以下這樣的標題。

訂下標題

「2016～2017 海外生活：在加拿大以平面設計師的身分維持生計，並學會英語與設計能力以便能在任何國家生存。」

↓

可以看出現在應該做的事

・先學好設計師工作必要的專業用語，以及用英語下指示的能力。

・創造足夠鮮明的個人設計特色，讓對方會想將工作發派給我這樣的外國人。

或許還停留在「尋找階段」

難以決定標題（＝須與英語結合的事物）的人，說不定還停留在「結合階段」之前的**「尋找階段」**。我自己從十九歲開始學平面設計以來，到實際與英語牽上關係、前往加拿大，花了大約三年的時間。如果焦急地認為「總之先去國外住看看」，毫無準備就出發，或許任何事都做不成吧。

並不是任何人都能在一瞬間就找到「能和英語結合的事業」，畢竟這可能是成為一輩子的工作。在充實英語能力的同時，也不妨嘗試英語以外的各種事物。

「能和英語結合的事業」可跨越國境，在世界各地一展長才，可能會是以下這些職業，提供給你參考：

- 平面設計師
- 網頁設計師
- 影片剪輯師
- 程式設計師

・插畫家
・攝影師
・錄音室樂手
・作家
・譯者
・口譯員

雖然以上這些「自由工作者」特別適合出國追尋夢想，但只要有專門的知識與技能，以下這些「隸屬特定公司的職業」當然也沒問題。

・咖啡師（咖啡店員）
・語言教師
・美容師
・廚師
・各類工程師

此外，這年頭只要能活用網路，「任何事物」都有可能成為工作。

- 職業玩家
- YouTuber
- 部落客

能夠在世界各地工作的選擇，其實多不勝數。

你可以先看看有哪些成功案例，並確認目前想當作目標的領域是否值得投入，或其是否具有尚未開發的市場潛力。

最後，想像自己在國外工作的樣子，找到最有興趣、最吸引你的工作。先從這些對象開始嘗試、學習，說不定就能找到自己真正想做的事。

如何找到「想做的事」

我最建議的方法是，**先用一個月學習初學者的基本知識，看看「是否湧起想要學更多的心情」**，如果可以享受努力的過程，那麼最後一定能成功。反過來說，若心中沒有什麼期待感，那就盡快收手，改成下一個目標。以一個月為單位體驗各種工作，那一年就有十二次機會。

實際上，我自己也做過、放棄過各種工作，如家教、二手服飾店店員、發傳單、麥當勞店員、音樂活動會場布置等等。另外，我也曾花費心力學過像程式設計、攝影、錄音師、影片剪輯等技能。

在這之中，最後留下的是「平面設計」。持續一個月後的興奮與期待感仍存在心裡，與其他類型的工作截然不同。我總認為，去尋找自己到底對什麼事情感到有趣並能為之努力，是我們必須親自實踐的功課。

前面所舉出的各種例子，大多數都是能夠在一到兩年認真學習並累積經驗後，可以作為新手開始工作的職業。人生不是在今年就結束。比起達成的速度，找出可說是「生存理由」的事情，更加有意義。

不是「工作」也沒關係

海外生活的標題，並不一定要與「工作」有關。

現在就想出國，但還不清楚自己該以什麼作為職業的人，設定如以下的目標當然也可以。

例

「2020 海外生活：詢問 100 名美國大學生『現在的煩惱與將來想做的事』，並將採訪結果及時發布在部落格上。」

「2021 海外咖啡廳生活：用 1 年時間周遊歐洲各地咖啡廳，並在 Instagram 上每天發布 1 則店家評論。」

「雖然不是工作，但卻想嘗試這種『經驗』」，也是一個出國的好理由。

在人生未來的某個時機，這份經驗肯定會派上用場。若你是大學應屆畢業生，求職面試時，你能提出類似前述標題的經驗談，應該會比「我曾留學一年，學習外語」來得更吸引人才是。

即便是社會人士，也可能因為這次出國經驗，找到「真正想追求的事」，或是想要展開一段以此為職業的嶄新人生。

目標的內容，當然也不限於「海外生活」。

有些人或許面臨著「雖然身為服飾店老闆，但最近外國客人增加，沒辦法好好用英語待客」的問題。

如此一來，就可以訂下這種標題。

像以上這樣為自己的英語學習加上標題，就能夠知道「該從什麼英語開始學比較好」，學起來也更為順利。

另外，為了提升一成業績而思考該怎麼做才能獲得更多外國顧客時，也可能衍生新的點子，例如製作「英語目錄」或「英語招牌」等等。

如果只是「學會說英語」這種模糊的目標，無法催生這麼多的優點與好處吧。

「抱持明確目的，面對英語」，遠比任何事情都重要。

例

「2020 計畫：精通可用於服飾店的待客英語，並提升 10%銷售業績。」

不去學校的留學

該去上語言學校嗎？

決定好標題後，就要實際執行。

「要以設計師這個身分養活自己」，我幹勁十足地抱著這個目標飛往了加拿大。

說到國外留學，最初要做的事情，一般都會想到「去上語言學校」吧。

但語言學校真的是非上不可嗎？

上語言學校的開支頗為可觀，光是學費，每個月就可能要好幾十萬日圓，加上生活費，一年的留學費用據說高達「平均兩百～三百萬日幣」。如果上學已需如此多的花費，卻還只是留學的第一步，那所謂到國外留學，幾乎就是「有一定財力的人才能實現的道路」。然而上語言學校對所有人來說，真的都是必要的過程嗎？

為了確認，我落地後，隨即報名了當地五所語言學校的「免費體驗課程」。

在實際體驗後，我個人認為「就算不去語言學校也沒關係」。

這是因為學校的環境：

・幾十名學生卻只有一位老師上課。

・學生全都不是母語人士，甚至有一半和你相同國籍。

如此一來，課堂練習說英語的時間都很短，練習對象都是身邊同學，每天反覆這個過程，結果就只是增加了許多「非英語母語」的朋友。

甚至，變成一種在外國刻意營造「與自己國家幾乎相同環境」的感覺。

話說回來，我並不反對去交來自世界各國的朋友。若你是非得要在學校裡學才比較學得起來的人，只要經濟狀況許可，當然還是可以去上課。

不過，閱讀這本書到現在的你，若想達成盡可能不花錢的海外生活，可以試試以下這些方法。

嘗試「不去學校的留學」

沒有錢的我，決定實行**「不去學校的留學」**。

在這個過程中，我做的事情有以下這三件。

① 一天上三堂線上英語會話

雖然前面我們已經知道線上英語會話非常有用，可是來到加拿大後，我又再次深感線上英語會話是多麼便宜又有效率的方法。

全為一對一上課的線上英語會話，**「自己說英語的時間」長到語言學校完全不可比擬。另外，上課內容也可以自行調整。**以我來說，只要告訴老師「我自己想了幾個設計師工作可能用到的英語短句，請您幫我訂正。訂正後，我會一邊模擬情境，一邊練習口說，若發音或重音有奇怪的地方，也請您糾正我」，我就能上一堂完全客製化的英語課。

因此，我將上課次數增加到**「一天三堂」**。即便如此，學費也幾乎只是語言學校每個月的十分之一。

而且，上課用 Skype，不必去學校。我那時每天習慣到喜歡的咖啡廳坐下，寫「英語日記」，並用「線上英語會話」上課。

②在咖啡廳與當地人搭話

當我開始在咖啡廳用線上英語會話上課後，發現了一件事。

那就是**「周遭的客人幾乎全都是加拿大人＝英語母語人士」**。

後來我決定，只要看到附近有適合搭話的人，就積極上前問候。當然，突然問對方興趣之類的很奇怪，想來想去，身為一名留學生，還是問一些「英語的問題」比較自然。

例

Excuse me, do you have some time now? I'm an exchange student from Japan and I'm learning English. I have something that I don't understand. Would you mind telling me the difference between the words "cute" and "pretty"?

不好意思，請問您有空嗎？我是從日本來的留學生，現在正在學英語。我有一些不懂的問題想請教您，您可以告訴我「cute」與「pretty」這兩個字有什麼不同嗎？

像以上這樣詢問「與英語有關的問題」即可。

順帶一提，我非常不擅長向不認識的人搭話，因此就連問這些問題，一開始我也很抗拒。

但是我試著換個立場思考。

如果在日本的咖啡廳，坐在旁邊的外國人「用日語」問完全相同的問題，又會是什麼情況呢？

除非有急事，否則我應該會很開心地回答對方吧。對方來到日本想必對日本有興趣，也在學習我們的母語，這不僅令人高興，而且對日語母語人士的我來說，回答這類問題也並非難事。

鼓起勇氣搭話後，幾乎所有加拿大人都會回答我的問題，甚至有人成為我的好友。

在完成當天的英語學習後，其他時間就自由研讀與設計有關的課程。可以自訂時間用來學習某些事物，正是「咖啡廳留學」學習法獨有的優點。

③農場寄宿

抵達加拿大後兩個月，漸漸適應當地生活後，我又想進行新的嘗試了。

話雖如此，我的荷包依然空空如也。因此，我將條件限定在「可以免費得到的經驗」並四處尋找，最後發現了**「農場寄宿」**（Farm stay）。

「農場寄宿」是無償為寄宿家庭的農場幫忙農活，換取免費住宿與飲食的換宿方式。

只要向「世界有機農場機會組織」（WWOOF）網站支付五千日圓左右的註冊費，

就能看見寄宿家庭的資訊，然後自行聯絡並前往該地。

對喜歡鄉村的我而言，這是極為有意義的一次經驗。每天早上六點起床，午休後再工作到下午四點。由於工作中理所當然會用到英語，所以也能提升日常英語能力。

另外，工作結束後，到隔日早晨之前，完全是自由時間，加上還有周休二日，在此期間，我也確保有充分學習設計的時間。

有了這些經歷，我深刻感受到只要願意花心思，真的能做到「不去學校的留學」。

修行期間的行程

六月，結束為期一個月的「農場寄宿」後，我搬到前年來加拿大巡演時特別喜歡的城市，蒙特婁。

我想要在蒙特婁進行**「修行」**。

因為我沒有去學校，也沒有工作，所以有的是時間。因此我每天用十個小時學習英語，再用三個小時自學設計。

當時我的生活行程，大致如以下所示。

現在回想起來這行程表簡直像是假的，但我沒誇張，當時我確實以這樣的步調生活。既然是自己選擇了「不去學校」的道路，那麼這點程度也應該要能做到。

在這個學習過程中，我從不覺得辛苦或厭煩。路上所有行人，都在說著我朝思暮想

修行期間的行程

5：00	起床
6：00	線上英語會話①
7：00	早上準備→前往咖啡廳①
8：00	寫英語日記
9：00	線上英語會話②
10：00	練習用英語自言自語
11：00	整理 LINE 數位單字筆記
12：00	午休
13：00	↓
14：00	一邊散步一邊做 Siri 發音矯正
15：00	在咖啡廳②複習英語日記
16：00	複習 LINE 數位單字筆記
17：00	設計練習
18：00	↓
19：00	回家
20：00	晚上休息
21：00	設計練習
22：00	線上英語會話③
23：00	就寢

英語學習

設計練習

中「活生生的英語」。現在，就在眼前，朋友們、咖啡店員、站務員，每個人說的英語，我都認真想著要吸收進我的體內。

養成習慣的訣竅

如果沒有其他要事，我基本上會嚴格遵守這份行程表。

將學習化為習慣的訣竅，就像是學生時代的課表一樣，**「一開始就決定什麼時間該做什麼」**。相信你也有很多經驗，如果想著「能做的時候再做」，往往最後什麼都做不到。

我們應該要將學習與練習當成人生的「基本配置」。

我們要深信自己是個「會在幾點到幾點學習英語的人」，這種執著非常重要。起初或許會很辛苦，因此我建議，一開始可以建立較為鬆散、隨興的行程表，持續實踐一個星期左右，長久下去，遲早一定會產生「不做很奇怪」的念頭。到了這時，就逐步增加學習時間吧。只要進入一次「持續循環」，從中感受到「攻略」學習本身的樂趣，那麼堅持下去就不再是難事。

學習並非「不得不做的負面行為」，而是「做了可以實現夢想的正面行為」。抱持這樣的意識，就能持之以恆。

另外，關於設計，雖然我是選擇「自學」的道路，不過若你在自己想努力的領域中有適合的「實習」管道，那麼選擇那個方向進行也很好。「與人交流」這個要素也有助於堅持不懈。但不能忘記的是，「就算實習了，能力也不會自動提升」這個事實。

所謂能力的提升，永遠是「以自己為主體的課題」。

該選擇哪裡留學？

由於蒙特婁屬於法語圈，或許有人會覺得奇怪，為何「學英語」要到蒙特婁？但其實在這個大多數居民皆為「雙語使用者」、說英語也能通的城市，有著過去曾獲得世界大學排名第十八名、國內排名第一的麥基爾大學。而且除此之外還有為數眾多的知名大學與大型外資企業，使用英語的機會可說非常頻繁。

不過，我搬到這個城市還有一個最主要的原因。

之所以選擇住在蒙特婁，是因為我打從心底喜歡蒙特婁。

蒙特婁常被稱為「北美的巴黎」，獨特的街道景觀融合了歐洲與美國的特色。因為本來就是移民較多的城市，對我這個外國人也不帶任何偏見，居民個性親和溫暖。街上氣氛充滿藝術氣息，常被形容為「整個城市都是美術館」，許多世界著名電影節或音樂祭皆在此舉辦。我愛上了蒙特婁的一切。

有許多人向我尋求意見，告訴我他們不知道該前往哪裡留學才好，而我總會說「首先到各個國家、城市去旅行，然後住在你最喜歡的地方就好」。確實有「最適合留學的城市」這類的數據，然而自己要住的地方，可以讓別人幫你決定嗎？

雖然蒙特婁並非一般人學習英語的留學首選城市，但我不後悔。

我認為，唯一重要的，只有**「住在憑自己的意志選擇的國家（城市）」**。

國外＝便於努力的地方

可能很多人誤以為「國外＝可以學會說英語的地方」。

但我不這麼想。

我覺得**國外只是「便於努力的地方」**。

剛展開加拿大的生活時，我曾這麼想過。

「我現在自出生以來，第一次以自己的意志活著。」

這樣的說法或許很奇怪，但我並非自己選擇成為日本人、選擇住在日本的，只是剛好生為日本人、剛好住在日本而已。

如同小學時，營養午餐的菜單不能自己選擇一樣，我從小時候開始，始終都活在他人給予的選擇中。這麼一來，就算菜單上有自己討厭的食物，也只能乖乖忍耐吃下去，如果挑食還會被罵。

但在加拿大的生活截然不同。

我以自己的意志選擇了加拿大，以自己的意志追尋成為設計師的夢想。若要用營養午餐比喻，這就像「豪華飯店自助餐」。雖因完全自由，必須自行思考該如何平衡營養與分量，但也沒有多餘壓力，每天都過得充滿期盼。

接著發生了什麼事呢？

簡單來說，我「每天都湧出了源源不絕的幹勁」。無須考量提升學習動力的方法，最想做的事情就在眼前等著我去做。

雖然什麼都不做無法提升英語能力，不過可以提升英語能力的教材就在眼前，俯拾皆是，再加上沒有其他繁雜瑣事，也方便自己埋首於學習之中。

國外，是「便於我們努力的地方」。

「明明要去國外卻不上語言學校」這個選擇，或許會令人感到茫然不安。

但我能斬釘截鐵地說。不去學校也不會怎麼樣。甚至只要活用「不去學校」這個選擇多出來的時間，更能投入在自己真正想體驗的獨特留學生活上。在這期間加上「英語日記」與「線上英語會話」，或是咖啡廳學習、農場寄宿等不用花錢的學習法，努力累積經驗，英語能力必定能有飛躍性的提升。

我想，我們不應該「選擇」，而是應該「創造」自己活下去的道路。

在加拿大交到的朋友們（2016－17年）

英語×技能

只靠「英語力」無法脫穎而出

如本章最開頭所說，英語「需要與某些事業結合」才能發揮真正價值。這句話真正的意思，是「只靠英語能力無法與世上其他人競爭」。

怎麼說呢？

許多想在國外工作的人都覺得「首先要提高英語能力」。的確，最低限度的英語能力是必須的，也應該堅持不懈地學習下去，但同時也不能忘記，「在抵達當地的瞬間，英語能力就不再是最強的武器」。

這是因為，我們即將與母語人士站上同一個擂台競爭。

單純考慮英語能力的話，只要與說著一口流利英語的當地人相比，非母語人士很可能都相形見絀。當然，對企業而言，雇用「語言能力上沒什麼問題的當地人」顯然更輕鬆許多。

換句話說，我們必須創造**「即使英語不夠強也能受人青睞的價值」**。

精通專業技能

此時最重要的就是「專業技能」。如果有著無關語言能力的技能，那不僅會成為自己的強項，也更有助於找到工作機會。

譬如，「我是平面設計師」太普通了，這無法與在職經歷比自己豐富、技術更純熟的當地設計師競爭。

因此可以像以下這樣推銷自己。

「我是**擅長『設計周邊商品』的平面設計師**。迄今為止採自行販售、企業合作等各種型態，製作了超過一百種的周邊商品。我熟知在什麼領域內，什麼樣的設計更受消費者歡迎，我一定能幫助您提升周邊銷售的成績。我曾實際與〇〇合作推出周邊商品，確實增加了一成的銷售額。」

這是我的自我推薦文，而我也透過這樣的描述，在加拿大獲得多份工作。

一開始「先接受個人委託」

在蒙特婁度過了如夢似幻的修行期，來到加拿大也已經半年多。十月時，我終於花光盤纏，下個月起將陷入沒有收入就無法生活的窘況。

這時我「英語能力」及「設計能力」都有所提升，因此開始尋找能與自由工作者長期合作的企業。但無論怎麼翻找企業徵才資訊，都載明「需要當地的學歷或就職經歷」。

於是我嘗試接觸**「不問學歷或職歷的個人經營客戶」**，打算先累積一定實績。尤其是已成為朋友的個體客戶，提案後有更高機率獲得對方的委託。

其實在「修行生活」中，我有時就會在休息時間到服飾店逛逛。某天當我進入一家店裡時，老闆看到我戴的棒球帽，稱讚「這個設計很酷！」其實我平時都會穿戴自己設計的周邊商品，希望這些設計能成為合作契機。只是沒想到當時我與老闆馬克西姆（Maxime）意氣相投，於是彼此交換了 Instagram。

雖然之後沒什麼消息，但我感覺只剩下這條路了。

「請對方在他的店裡販賣我的周邊商品。」

在國外的首份工作是周邊販售

我向他發了信件，並附上全新設計的周邊商品圖片。

「好久不見！我設計了新商品，若方便的話，你是否願意在店裡販賣這些周邊商品呢？商品不需事前收購，賣多少再分潤就可以，我想應該不會造成你金錢上的負擔。我也會用社群網站幫忙宣傳商品，這樣或許能吸引來自日本的客人，除此之外，能幫忙的事，我也會盡力而為。」

以下則是他的回信。

「這真的很酷！你願意幫我宣傳店內的商品，也幫了我一個大忙。交易條件也很完美。就請你將商品放在我們店裡寄賣。」

其實在聯絡前我很猶豫，總覺得「拜託對方上架自己的商品有點厚臉皮……」但令人驚訝的，是對方一口就答應了。

我趕忙到工廠委託製作，並請日本的樂團成員將一大箱的周邊商品寄來加拿大。

二〇一六年十一月初，在蒙特婁的服飾店「galerie」，我開始販賣自己設計的周邊商品，結果大受好評。

當地的創作者，有時甚至會依放在商品旁邊的名片資訊，發來設計委託。雖然規模不大，但我總算在加拿大有了工作。

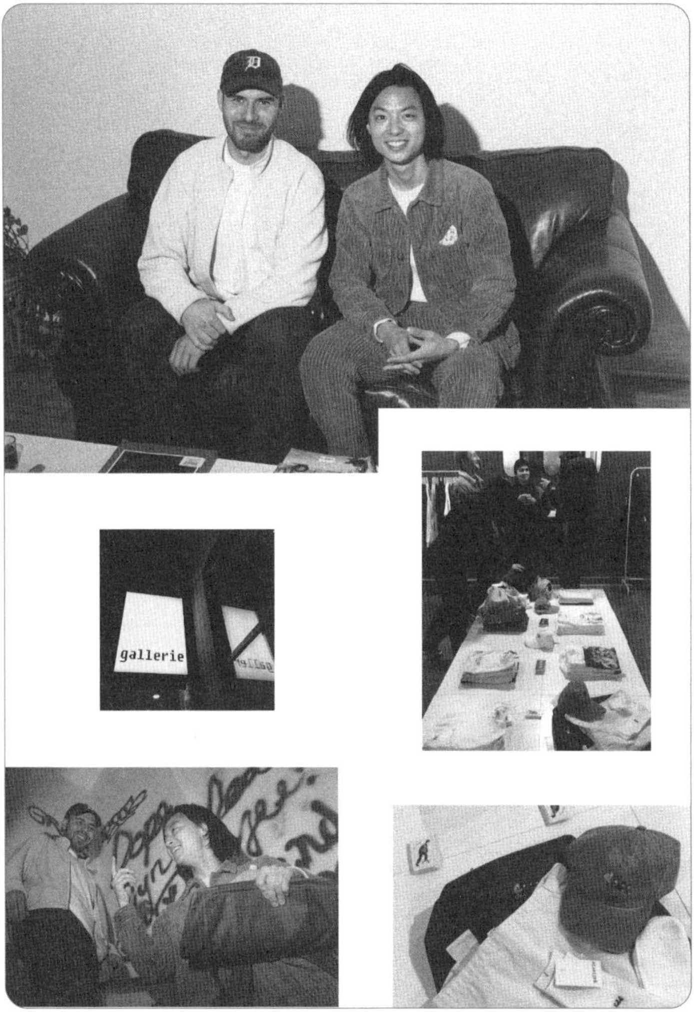

與gallerie店主馬克西姆合影(2016年)

挑戰「與企業長期合作」

即使案件數量逐步增加，但只靠「個人單次委託」收入仍然不穩定，我還是得面對現實。於是我決定挑戰「與企業的長期合作」。

某天，對我窘迫的生活看不下去的當地友人，告訴我他找到「應徵自由設計師的廣告」。

那間公司是蒙特婁一間名為「Phi Centre」的綜合藝術公司。公司大樓位在城市中心，其公司內設有精品店、可體驗 VR 的畫廊、展演空間甚至電影院等等，可說是蒙特婁的大企業。我以前也曾來這裡觀賞展覽，是一間凡是蒙特婁的藝術愛好者人人皆知的公司。

戰略：成為風趣的人

如果毫無準備就去應徵，那麼，像我這樣經驗不足的外國人，被錄取的可能性微乎其微。因此，我將我的專業「周邊商品設計」當成推銷自己的重點，並擬定**「成為風趣的人」**這個戰略方針。

① 靠履歷拉開差距

其實在歐美，沒有像日本這樣著重形式的履歷表，多數人只會製作一份內含簡單自我介紹與職業經歷的文件，直接當成履歷提出，有時候甚至連大頭照都沒有，頗為陽春。

因此我想到「用履歷拉開與他人差距」這個方法。

我打算反過來利用「沒有固定格式」這個習慣，「製作一份誰都不會做的履歷」。尤其自己應徵的還是「設計職位」，我想只要能做出優秀的履歷，就可以當成推銷自己設計能力的利器。

我將履歷分成兩張，後半那張製作成我的設計作品集。一般履歷不會放上的大頭照，我也放了上去。而且，整組履歷全是彩色的。我試圖用這個方式拉開與其他應徵者的差距。

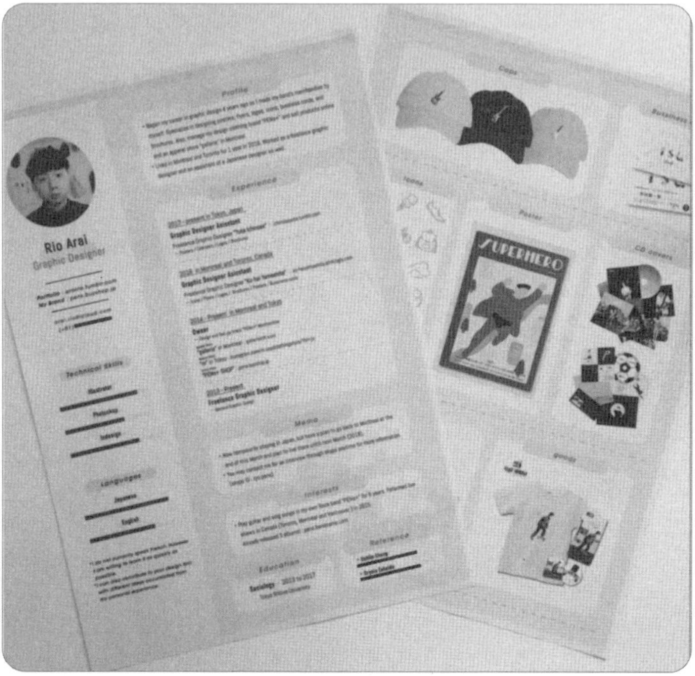

實際交上去的履歷

提出履歷後不久，我就收到「希望你來公司洽談」的信件。看來我在履歷上花的心思有所回報，通過了書面的第一次篩選。

② 一開始就將對方拉進自己的步調

而在實際面試中，我試圖「一開始就將對方拉進自己的步調」。

這是因為，如果整場面試都處於被動，對方很難對你留下印象，更重要的是我們的母語並非英語，可能會因語言能力不足而無法回答對方問題。

因此，我先透過線上英語會話，練習解釋「自己能為公司做出什麼貢獻」，希望在得到發言權的瞬間，能滔滔不絕地展露自己的想法。

當然，光是主張自己有多厲害，只會給對方留下厚臉皮的印象。因此，我用「具體案例」說明「自己的專長」，盡力讓對方感到「還想再多知道你的能力」。

以「周邊商品設計」為主的我，面試時，身上穿戴的全是自己設計的東西，如棒球帽、T恤、襪子、背包等。在對方說「請自我介紹」後，我隨即宣傳自己身上所有行頭都是自己設計的商品，為了讓對方充分了解我的功力，還從背包再拿出十多種商品，攤在桌子上一一說明。

面試官對這種作法笑得合不攏嘴，但我知道我成功在對方心中留下了深刻印象。

有成品就拿出來，沒有的話，就整理一份作品集，如以上方式，用具體作品吸引對方的注意力即可。

雖然最好是依面試方式與當下氣氛隨機應變，但大多數時候面試都只有十分鐘左右的交談時間，在這麼短的時間內，能讓對方覺得「這個人真有趣」，就是致勝關鍵。

我的英語能力不夠強，簽證也有時限，但我能被錄取，那一定是因為對方認為**「我具有與他人不同的魅力，而這份魅力能為公司帶來貢獻」**。

即使失敗了，這裡也是國外，不會因為周遭人的視線讓你明天開始活得更辛苦。帶著豁出去的心情當個「幽默風趣的人」吧。

在蒙特婁簽訂工作契約

面試後數日，公司寄來通知，信上寫著「請務必與我們一起工作」。

我錄取了。

在這間附設畫廊與精品店的公司，每個月都會依據特定主題舉辦展覽，並販售相關周邊商品。公司交給我的工作，就是製作出要在精品店上架的周邊商品。因為我出示了自己的「專業技能」在什麼領域，對方便可以順利掌握該將什麼類型的工作交付予我。若當時我只是表現出「什麼設計我都做！」的含糊態度，我想我最後也不會錄取吧。

在這之後的數個月，除了設計外，我也透過工作經驗正式學到英語商務信件或是報價單的寫法。

蒙特婁Phi Centre

英語×日本人

發揮日本人這個身分的價值

除了「技能」外，我還有個強大無比的優勢。

那就是**「我是日本人這個事實」**。

這裡所說的「日本人」，不單指國籍，還包括在日本生活、以日語為母語的人。

在加拿大的生活，令我察覺這件事。

「在外國人的眼裡，日本文化遠比我自己想像得更獨特、更美麗。」

向當地人說我是日本人，他們常常馬上就會興奮地告訴我「喜歡壽司、拉麵！」或者「喜歡動畫、遊戲！」等等，對日本特有文化抱持著極佳的好感。有時候，光是遵守集合時間，就會得到讚美，這讓我深刻感受到「日本人彬彬有禮，有許多值得學習的地方」是世界各地人們的印象。

且不論世界各國的政治敏感問題，單純在「人」與「文化」這點上，世界各國對日本人的印象，大致來說還是很好的。

如今，持有日本護照，就能免簽前往一百九十個國家，這是二〇二〇年世界第一方便的護照。（編按：二〇二二年日本護照可免簽前往一百九十二個國家，與新加坡護照並列世界第一方便。）

換句話說，**「身為日本人就是一項競爭優勢」**。

活用日本人身分的方法

雖說「日本人身分就是優勢」，但也不是非得要以「動畫」或「和食」等文化面為主打。

我認為活用日本人身分的方法有兩種。

①接觸對日本有興趣的外國人

首先，接觸「對日本有興趣的外國人」當然是最適合我們的工作。譬如對接下來打算進駐日本的外國企業而言，若有個精通日本文化的日本人在團隊中，自然比什麼都更令人放心。

②接觸對外國有興趣的日本人

對「喜歡英語和外國事物的日本人」而言，想要學會說英語，或是想在國外工作時，通常最先做的，應該會是上網搜尋「英語　學習」或「國外　工作」等關鍵字吧。

這時候，比起「專家的見解」，讓人更有興趣的，應該是「在日本長大的人努力學會英語的過程」，或是「現在實際住在國外的日本人如何生活」等主題。

我們總是想從個人的內心衝突裡學習些什麼。

換句話說，只要曾經長住海外、認真學習過英語，你就能擁有**「住過國外且會說英語的日本人」**這項優勢，這甚至不需要什麼特別的專業技能。

建立英語部落格

二十歲時，總希望就算沒錢也能學會說英語，因此，我每天都在網路上搜尋「英語自學」等關鍵字。

可是，無論看哪個網站，結果都是引導我付高額費用購買英語會話教材，不然就是昂貴的留學行程。

正因如此，我只能自己動腦筋思索使用「英語日記」及「線上英語會話」的全新學習方法。

在加拿大旅居一年後，時間來到二〇一七年四月。

這時，我已能流暢使用英語，並在當地工作維持生計。就在這個時機，我建立了部落格，並開始在 YouTube 上傳英語教學影片。

雖然幾乎只是一種直覺，但我覺得「現在的我，或許能憑藉自己的經驗，拯救許多對『英語』、『外國』抱有憧憬的人」。

結果，我最初寫的部落格文章〈自學三年間的努力與路程。在日本學會說英語的個人學習法〉，在發布後隨即成為關鍵字「英語　自學」的谷歌搜尋排行榜第一名，在搜尋引擎最佳化（SEO）公司工作的朋友告訴我，「這真是發生了奇蹟」。

之後，我開始在 DMM 英語會話官方部落格連載專欄，同時推特和 Instagram 的追蹤人數合計也超過兩萬人，而後，也收到了撰寫本書的委託。

令我最為震驚的是，竟然有這麼多人對「英語」、「外國」有興趣，並面對各自不同的煩惱與困境。

我感到豁然開朗。或許我過去奮力掙扎的所有經驗，其實都是「為了拯救他人」而存在的。

「拯救他人」的理念

是的，在一連串的經驗過後，我心中湧現最強烈的感想是**「拯救他人的價值」**。

想像一下，工作不就是一種「拯救他人」的形式嗎？

作為自由工作者進入社會後，我深刻感受到，所謂金錢，絕非是勞動時間的報酬。

我想這其實只是「自己救人的程度高低，轉化成金錢這種形態回到自己身上」而已。

因此，如果不知道該做什麼工作，那麼可以嘗試思考「我可以用什麼拯救他人」，而非「我該怎麼做才能賺錢」。

窮究自己興趣的結果，催生出足以拯救他人的優質事物；如果自己創造的事物能幫助社會變得更好，不是很棒的一件事嗎？

英語 × 網路

網路是世界的縮影

可以跟英語結合的對象中，最後要介紹的是**「網路」**。

我現在是這麼想的。

「越是志在國外的人，越應該消除『國外』這個概念。」

這是因為，大家嚮往的世界頂尖人才或企業，已經不會用「國外」這個範疇來工作了。活用英語進行跨國工作早已是常態，根本不需特意再拿「全球化」這種語彙來形容。

而要說到有什麼工具最適合想擺脫「國外」這個概念的人，我想就是「網路」了。

網路是生活於現代的我們最為親近的**「世界縮影」**。推特、谷歌、YouTube、Instagram等等，如果只用自己國家的語言瀏覽這些社群網站，或許不太能察覺，然而若改用英語，就會發現，即使身在自己的國家，也能一窺同年代的美國人或英國人眼中所看到的景色。

換句話說，我們是否能將網路視為一個「不存在國境的世界」呢？無論在世界各處都能瞬間連結上的這個「世界」，正是我們應該妥善利用的工具。

任職於網路

二〇一七年九月，打工度假簽證結束後我回到日本，隔年春天開始回到大學上課。我與蒙特婁的公司間所簽訂的契約也暫且終止，本以為「又要回到一般的大學生活了……」不過仍有許多國外客戶發來，可以只在網路上遞交資料就完成的案子。於是我開始這麼想。

「如同周遭許多大學生任職於企業，**我難道就不能任職於網路嗎？**」

我想藉由英語與設計能力的互相結合，以一個大學四年級生的身分，持續在網路上進行「世界性的」工作。

用網路工作

這邊我將介紹幾種使用網路的方法，承接來自世界各地客戶的案件。

①使用「群眾外包」

第一個，是使用提供媒合服務的群眾外包平台，找到願意發包的客戶。在國外，群眾外包十分興盛。

以世界最大的「Upwork」為例，二〇二〇年約有一千兩百萬自由工作者註冊。而日本最大的「LANCERS」僅有五十萬註冊會員，相較之下規模差距極大。

群眾外包能以單個案件來接案，可以從自己能應付的工作開始挑戰，頗為自由。網站上的案件種類從「設計」、「應用程式」、「網頁開發」到「文案撰寫」、「翻譯」等等應有盡有，對資歷尚淺的人而言，這是邁出「第一步」最好的機會吧。

②使用「商業特化型社群網站」

累積一定資歷後，我強烈推薦使用「商業特化型社群網站」，其中最有名的是「LinkedIn」。現在全世界有超過五億四千萬名註冊會員，在歐美，有時甚至可以代替名片交換彼此的 LinkedIn 帳號。在國外，凡是商務人士都將擁有 LinkedIn 帳號視為「理所當然」，只要充實個人資訊，有時就能接收到來自企業的工作邀約。這同時也是常用來轉換跑道的社群網站，過往的經歷都將成為自己的助力。

而如果你是「插畫家」、「設計師」或「攝影師」等在文創業界工作的人，使用「Behance」更佳。「Behance」是全球註冊會員數超過一千萬人，專為創作者服務的社群平台，我們可以在網站內尋找徵才資訊並直接應徵。個人資訊頁即是作品集，因此不妨將可以一眼掌握自身創作風格的作品刊登在上面吧。

世界上已有許多商業特化型社群網站，學會「英語」，同時也是一個機會，不僅能拓展市場規模，也讓自己身價翻漲數倍。當然，使用英語註冊國外網站本身也能學習到英語，還請你多多嘗試適合自己的平台吧。

③ 使用「Instagram」

最後是使用「Instagram」的方法。雖然 Instagram 常作為娛樂或交流工具，但其時也能用在商業上。

這是因為在現代社會，**「在社群網站上很有人氣」本身就可以當作出色的「實績」來運用**。

推特雖也是廣為世界使用的社群網站，但想跨過語言藩籬獲得來自世界的工作，我覺得可以用「印象（圖片）」當作自薦的 Instagram 似乎更適合商業運用，因此最後我決定挑戰用「Instagram」獲得工作的方法。

發布英語日記

回到日本後，我統合上述所有提及的要素，思索自己究竟能做什麼。

結果我想到，可以在為了學習使用的英語日記上添加插圖，並發布在 Instagram 上的宣傳方法。

這麼做可以同時實現以下兩個訴求。

- （對英語學習者）普及「日記學習法」
- （對將來的外國客戶）推銷自己的設計與插圖

既然如此，首先就必須盡可能讓更多人知道我這個人的存在。

我開始每天發布一則附上插圖的英語日記，並加上標籤。

雖然一開始的幾個月沒什麼工作委託，但在持續更新一年後，逐漸有世界各地的企業或創作者開始聯絡我。這裡就介紹幾個有助於取得工作的有效方法。

表明想接受什麼人的工作

一開始，我對「日本的英語學習者」及「海外客戶」雙方發布訊息，後來我決定限縮到後者。這是因為徹底表明**「想接受誰的工作」**，才能大幅提升接到案子的機率。

目標客群**最好具體到可以知道對方是誰、長什麼模樣的地步**。我將「國外的音樂品牌及創作人」當成最初的客群，並進行以下嘗試。

- 用英語貼文表示我自己也是音樂創作者，精通音樂相關設計

- 個人檔案以英語撰寫，並加上一句「Please contact me via DM」（請用訊息聯絡我），方便對方聯繫
- 標籤設定為對方可能有興趣且符合對方需求的英語標籤，如 #cdcoverdesign（CD 封面設計）或 #merchdesign（周邊設計）等

我藉此獲得多位美國創作者與韓國音樂品牌的工作。

請對方回流

接著，很重要的一點是**「請對方回流」**。

譬如對某位委託一件設計工作的客戶，回覆以下內容。

I am also able to draw illustrations if you require them. I am adept at creating illustrations with my own color style. I can also provide networking options by connecting you to new Japanese clients.

「如果您需要的話，我也能替您繪製插圖。我擅長用自己的色彩風格繪製插畫。另外，我也能用網路協助您與日本客戶建立聯繫。」

委託我設計 LOGO 的中國旅館透過這封回信，再次委託我繪製「裝飾於旅館內的插畫」。

「自己創造他人需要自己的理由」，我想是很重要的技巧。

除了「對方委託的工作內容」之外，我會再提供對方兩、三個跨越國境與類型的嶄新點子。有時候這些點子會當場變成對方的委託，有時則是會拜託你「下次用這些點子」為他們設計。

對自由工作者來說，想要每個月獲得多件來自新客戶的案件，可說困難至極，但是**「以曾經委託過工作的人來說，只要能維持對方心中第一名的設計師地位」**，即可成為一名案子源源不斷的設計師。

肯定曾經花費掉的時間

最後還有一點。雖然前面實行了各種策略，但最為重要的，我想還是「提高作品本身的水準」。

現在回顧一開始沒有工作的那幾個月，原因單純只是水準不夠而已。

自更新開始過了一年，在自己的創作風格穩定後，工作的委託才開始逐步增加。

想要飛向天空需要翅膀。

若現在羽翼尚未豐滿，先專注於壯大這對翅膀，或許才是最快的途徑也說不定。

雖然花費的時間很長，但這又有何不可呢。

肯定那些花費在充實自己的時間，就能更愉快地面對學習與練習。

畢竟是自己的人生。

別在意他人眼光，花費時間磨練自己，嘗試一切想得到的可能性。

人生是場實驗，能活得多快樂全取決於自己的想像與實踐。

我打從心底深信這一點。

後記

若當作一本英語學習書，我個人經歷似乎寫了太多；若當作一本自傳，實用書要素似乎又太多了點。我用了兩年時間，懷著各種疑問與內心糾葛，最後寫出的就是本書。

我本來是位音樂創作者，後來成為一名設計師。雖然多次受惠於自己創造的「英語日記」學習法，不過說到底，其實我不是非得「將那些心得化為文章並傳播出去」的人。之前為避免別人覺得我「強加觀念」，我也從未進行這類的宣傳。

但某件事改變了我的想法。當我開始習慣加拿大的生活時，因簽證關係曾暫時回到日本一趟。既然機會難得，我舉辦了一日限定的復出演唱會，而在演出結束後，有位歌迷來找我聊了以下的事。

「我一直夢想著去國外生活，但我完全不會說英語，經濟狀況也不允許。父母親反對我出國，認為不可能這麼簡單就找到工作。我自己也變得不太知道，前往國外追尋夢想到底是不是正確的選擇。」

我心中暗想「這簡直就像三年前的我」。然而，反過來說，「即使跌跌撞撞，我也用三年解決了這個煩惱」，因此我很快地回答了他的問題。

「雖然我自己也不夠成熟，還不知道什麼是正確答案，但『有些想做的事』恐怕是比想像中更珍貴的情感，我覺得比所謂『不得不做的事』更值得珍惜，無論你的父母或朋友怎麼說。我做過我想做的事，了解到其中的辛酸與快樂，而我現在仍然活著。我切實地感受到我正活著。」

然後，我將本書所寫的具體方法與自己的經驗都告訴了他。

這位歌迷含淚謝我：「今天有來參加演唱會真是太好了，感覺眼前彷彿出現一條未曾見過的全新道路。」看起來這個回答似乎比演唱會的表現更令對方感動。

這時我像是被雷電打到般心中充滿震撼。

一直以來，我以為自己只有借助「音樂」的力量才能拯救他人，但是「說出親身經歷」這麼簡單的一件事，竟也能像這樣拯救他人，反倒是我也有種打開一條全新道路的感覺。

從那之後，我像作曲般寫下貼文，像製作專輯般建立了部落格。

二〇一七年十月，回國後我旋即收到要不要出版書籍的詢問。這剛好是我的部落格以「英語　自學」關鍵字登上谷歌搜尋第一名，瀏覽次數增加最多的時期。

一般來說，英語學習書會請多益滿分或著名英語教育者來寫才是。當時我才二十三歲，也自覺想出書未免太早了。

然而，與真實發生的故事一同解說如何「不用花錢留學也能學會開口說英語」，或「會說一定程度英語後如何與其他事業結合也很重要」等觀念的書，似乎不存在市面上。

這並非「課本」，而是「自傳般的學習書」。

我不認為一切都應該按照書中所說的做，試圖強加觀念給別人，我只是希望需要的人可以從中汲取值得參考的部分。

書中內容是針對因為家庭環境或經濟狀況，無法花費大量金錢學習英語，或出國留學的人所撰寫。

將「英語日記」推廣為「外語留學」及「英語會話學校」後的第三種選擇，是我畢生的使命。

英語真的很神奇。

只要會說英語，應該能消除你現在心中大半的煩惱才是。

這是因為，對今天的我們來說，最需要的，是能夠自由往來於世界各地的「靈活性」。

我認為這種不會被「雇用」、「自由工作者」、「日本」、「海外」等框架限制住，可以憑自己的意志在需要時做出選擇的「靈活性」，是未來最具有價值的能力。

在這層意義上，同時熟習「英語」及「專業技能」，雖然可能需要耗費不少時間，但仍然值得挑戰。只要現在開始努力一到兩年，就可以讓接下來數十年的人生過得更加輕鬆寫意。

所以我要這麼說。

學習吧。

我從今年開始打算以「平面藝術家」的身分，用我獨特的方法表現設計與插畫，並前往歐洲進行新的挑戰。我在歐洲沒有任何熟人，又要從全新的起點出發。

坦白說，我心中的不安勝過對當地生活的期盼，不過總覺得只要持續學習、不要放縱，似乎就沒問題了。

如果屆時還是會感到沮喪，那麼我會拿起本書重讀，找回初衷。想像讀者走上屬於自己的康莊大道，然後跨越我自己的難關。與你們一起。

（本書透過群眾募資籌措費用，在加拿大進行了一部分的攝影。）

Special Thanks（透過群眾募資平台協助我們的贊助者們）

青木なるみ／秋本佑／秋山祐一郎／麻生隼希／足立萌花／阿部聖香／阿部晴香／阿部泰代／荒井遥香／新多可奈子／ありんこ／アルガ／飯田涼子／池田実由／伊佐治慎梧／井澤あゆみ／石川智美／石垣直仁／伊藤このみ／伊藤沙桜／伊藤大地／伊藤美咲／稲熊奈穂／井上果穂／いわたにかなえ／岩間恵／ヴァン 夕佳／上田 菜津子／上之薗 海斗／植松依子／宇多村礼／宴／海野航平／海野雅子／梅木由紀乃／遠藤美智子／遠藤みなみ／大木隆広／大久保菜々絵／大熊龍哉／大谷惠／岡崎真梨乃／萩原美保／尾崎美香／貝塚奈緒／海道あゆみ／カサイミロク／片木希依／加藤かづき／加藤知夏／壁谷美緩／上條舜也／神谷侑子／金子七海／かわぐちまさみ／川口綾／河津潔範／かわし／河西悠志／川野栄音／河村久志／北口紀子／橘高純之介／木下翔太／木村真衣／キャドレックジョシュア喬志／金錦姫／窪田かれん／車なつみ／桑原照代／軍司有佳里／航星／五加えりさ／小斉平海帆／小坂稔／小山香奈絵／齋藤知美／齊藤友里子／酒井優美／作埜絵美／佐光紘季／佐々木ゴウ／佐藤奏／佐藤希／佐藤匡美／佐藤まり子／佐野 達哉／柴田紗季／志水美日／下池弘太／じゅちゃん／菅野幸江／杉浦佳純／すぎもとゆり・タイガーレモン／須田愛実／須藤春乃／ずーみん／関戸望／セミの人／高澤啓資／高杉優花／高田ゲンキ／高橋敬子／高野芳季／田口菖子／たくまのりこ／たくやさん／竹之内美穂／橘萌子／舘洋介／田中琴絵／田中天／棚橋洋佑／谷口可奈／玉城可奈恵／田村陸／塚本玲子／土屋絢／筒井菜央／でか美／てる／東堂優／所隼汰／豊本寧々／トリカステラ／長瀬諒平／中島萌／永野慧／中林亜樹／中村浩希／中村凪沙／中村麻由／中矢奏美／中山和男／中山野乃花／なつきち／成井如子／成島純／新倉夕貴／二上杏奈／西原沙希／にしやまゆり／仁平尚人／沼山明希子／野田佳奈／野田初恵／野藤弓聖／野間口拓実／橋本琴美／パトリシア／花井雅敏／林佳菜／林千早青／林穂奈美／林由貴／ハラマコンテンツ／春田雅貴／はるのぶ／菱田野乃花／日出幸／平岡 更紗／深井桂樹／深井梨沙／深野淳也／藤井達也／藤田隼輔／藤巻裕登／福石優／福住彬／福田駿希／福田有紀／船戸里沙子／プリちゃん／古着屋キャットム／古着屋 NER／古野湊／べちまる／細川岬／堀田佑介／堀林正／本田夏海／本田美希／牧野愛花／松井瑞希／松井里菜／松本あい／マツモトフユ／松本麻友香／ミウラユリカ／水野陽介／宮崎美穂／宮田澪／宮地正明（ex. フィッシュライフ）／宮本菜津子／宮本真理子／村井珠美／村里優季／室井雅也／森井あゆみ／森田千景／安岡朋香／安賀裕子／安田ケリー／やなぎさわまどか／山口塁／山崎祥平／山城さくら／矢野拓実／やまだもえこ（フジロックのひと）／山田桃子／山本瑞樹／ゆか／ユキガオ／横井雅史／横山麻衣／吉岡芽映／吉田佐和／吉田聡一郎／吉田真世登／脇中寛太／脇元彩名／脇山妙子／ワタナベジュク／渡邊音嬉／12dh／884hasiru／acamarossa／Akihiro Yasui／AYAKA SUMIDA／BLT 有志一同／Bun Suzuki／conny_study／Emiko W／fmponyu／Fuka／haru／HIMAWARI ABIKO／hinami／hnnnk173／Iwabuchi Mami／Kakuda Marie／Kanami.H／keiamsterdam／Ko-hei Yamashita／Lisa Yasu／maki／Marina Kohagura／matsu／Meg Takano／Miho Takahashi／minari／minimalist_sibu／Misae Oca／Miyako Kugue／mone／_museena／Mutsumi matsushita／natsuho muraoka／natsumi／Nissychan／Rina.K／shimizu maiko／shiroshio／Taiga／taori／Tomohiko Hatano／wulao／yasinski_28／yoriiim／YOSHITARO YANAGITA／YoYoYo／yusa／YUTA HOSHI／ZICCO

EZ TALK

英語日記BOY：
不用花大錢也能學好英語的高效自學法

作　　者：新井リオ (あらい りお)
譯　　者：林農凱
責任編輯：簡巧茹
裝幀設計：萬亞雰
內頁排版：簡單瑛設
行銷企劃：陳品萱

發 行 人：洪祺祥
副總經理：洪偉傑
副總編輯：曹仲堯
法律顧問：建大法律事務所
財務顧問：高威會計師事務所

出　　版：日月文化出版股份有限公司
製　　作：EZ叢書館
地　　址：臺北市信義路三段151號8樓
電　　話：(02) 2708-5509
傳　　真：(02) 2708-6157
網　　址：www.heliopolis.com.tw
郵撥帳號：19716071日月文化出版股份有限公司

總 經 銷：聯合發行股份有限公司
電　　話：(02) 2917-8022
傳　　真：(02) 2915-7212

印　　刷：中原造像股份有限公司
初　　版：2022年6月
定　　價：360元
I S B N：978-626-7089-78-1

英語日記 BOY：不用花大錢也能學好英語的高效自學法 / 新井リオ著；林農凱譯. -- 初版. -- 臺北市：
日月文化出版股份有限公司, 2022.06
224 面；14.7 × 21 公分. -- (EZ talk)
譯自：英語日記ＢＯＹ－海外で夢を叶える英語勉強法

ISBN 978-626-7089-78-1（平裝）

1. 英語　2. 學習方法

805.1　　111004109